Raffaele Immorlano

Non ti scordar di me

Youcanprint *Self - Publishing*

Titolo | Non ti scordar di me
Autore | Raffaele Immorlano
ISBN | 978-88-91184-36-8

Youcanprint Self-Publishing
Via Roma, 73 – 73039 Tricase (LE) – Italy
www.youcanprint.it
info@youcanprint.it
Facebook: facebook.com/youcanprint.it
Twitter: twitter.com/youcanprintit

Indice

L'aspetto che p i ù colpisce, già dalle prime pagine, è l'umiltà con cui Raffaele si accosta alla scrittura, anche se poi questa stessa umiltà, lascia il posto ad una maggiore consapevolezza nel continuare a raccontarsi senza alcuna vergogna, e con il solo desiderio di liberare tutta la verità su quello che è stato il suo passato.

Andando avanti nella lettura, si percepisce nelle sue parole la costante sofferenza nel dover riportare alla mente, e quindi rivivere, i difficili periodi del suo passato, ma lo fa con sincerità e con la stessa semplicità che hanno caratterizzato sempre il suo modo di vivere.

Nell'ultima parte, infine, forte e chiaro, è il messaggio di speranza che Raffaele intende lanciare: un'accorata richiesta di comprensione in un particolare e delicato periodo della sua vita.

Introduzione

Sinceramente, non avrei mai immaginato che un giorno, giunto ad una certa età, avrei potuto scrivere un libro che raccontasse, nel bene e nel male, la mia vita.

Il desiderio ed il bisogno di farlo sono stati talmente forti che non ho saputo tirarmi indietro e, pur consapevole dei miei limiti, ho pensato che, solo in questo modo avrei potuto mettere un po' d'ordine tra i ricordi che, spesso, mi tornano alla mente in maniera confusa, offuscata e, a volte, senza neanche un nesso logico tra loro.

Questo prima che il passare degli anni possa cancellare tutto o buona parte della memoria del mio passato.

Necessariamente i primi pensieri partono dalla mia difficile infanzia, vissuta attraverso mille peripezie, per arrivare alle complicate e innumerevoli vicissitudini che hanno caratterizzato interamente il mio percorso di uomo, segnandolo di sicuro nel profondo, fino alla situazione in cui mi trovo ora, nell'ultimo periodo della mia vita, in quello che mi resta ancora da vivere e nel quale è nata l'esigenza di riflettere.

Spesso, la vergogna o la mancanza di parole adeguate negano la possibilità e la gioia di svelare i nostri sentimenti a chi ci è vicino e che magari non aspetta altro, lasciando così che tra di noi rimanga sempre qualcosa di incompleto e di incompreso.

Forse scrivere può risultare più facile: non ci sono occhi davanti ai tuoi ,che ti condannano e, a volte, occhi che non ti perdonano.

Talvolta la vita ci porta, inevitabilmente, a commettere degli errori, ma più spesso, è la stessa vita complice dei nostri errori, quando si è presi da vortici improvvisi da cui, pur volendo, non si riesce ad uscirne fuori.

Hai sbagliato, il dito è contro di te, comunque e nonostante tutto!

Questa è la condanna definitiva che, purtroppo, resta.

Credo però che, alla fine, tutti abbiamo diritto ad un perdono, ad una giusta comprensione, prima che con il passare del tempo tutto diventi più difficile, o forse impossibile.

Ecco lo scopo del mio racconto: ritrovare quegli affetti che in questi ultimi tempi mi sono stati negati e che ora in cuor mio vorrei riavere, per tornare ad esprimere il mio amore a chi evidentemente si è sentito tradito, abbandonato da me, forse proprio a causa di quel forte desiderio di dare e ricevere amore.

Ho voluto dare il titolo " Non ti scordar di me" a questa mia autobiografia pensando alle caratteristiche di questi fiori, e quella meravigliosa romanza cantata dal grande Claudio Villa, mi è sembrato giusto questo accostamento per la stessa forza di questa bellissima melodia di un tempo che fu.

Alle mie figlie, Irene e Fatima.

Capitolo I

Ricordi d'infanzia.

Cellino San Marco.

Mi chiamo Raffaele Immorlano, sono nato a Cellino San Marco, un piccolo paese in Puglia, il 15 Febbraio del 1939, nel bel mezzo della Seconda guerra mondiale. I miei genitori erano dei poveri contadini, ed io sono il quinto di otto figli: Domenico è il più grande, a seguire Gennaro, Caterina e Marco; dopo la mia nascita poi, fu la volta di Antonio, Immacolata e Damiano.

La mia adolescenza non è stata molto felice, il periodo non era dei migliori del resto. Sono cresciuto in una vecchia casa di campagna, composta da un'unica stanzetta grande meno di 30 metri quadrati. Un caminetto a legna, piccolo, angusto, maleodorante ci riscaldava d'inverno. Per dormire c'erano due letti con dei materassi pieni di paglia, la quale dopo qualche giorno diveniva polvere. Non potete immaginare la miseria nera di quell'epoca.

Vicino a noi vivevano due famiglie, anch'esse molto povere, forse perfino peggio di noi. Avevamo stretto amicizia con loro, specialmente io. C'era un bambino che si chiamava Francesco, e un altro ancora Antonio, eravamo tutti e tre più o meno coetanei.

I nostri giochi erano mosca cieca e i classici giochi d'una volta. Ogni giorno le ore trascorrevano senza accorgercene e rimanevamo all'aperto anche se c'era cattivo tempo. Davamo fine ai giochi solo a tarda sera, quando il buio ci impediva di andare oltre e dovevamo quindi, seppur a malincuore, ritornare come sempre alle nostre case, se così si potevano chiamare. I genitori di Antonio avevano una casa, che di "casa" aveva solo il nome, come le capanne di paglia in cui abitano i Tutsi, che spesso vediamo in TV nei documentari sull'Africa.

I nostri fratelli più grandi poi si divertivano a provocarci affinché facessimo a botte, le sfide erano queste:

"Scommetto che non sei capace di toccare il naso ad Antonio o viceversa!" dicevano. Non appena qualcuno toccava il naso a qualcun altro, si scatenava l'inferno, subito botte da orbi, delle vere e proprie scazzottate, il vincitore era colui che non aveva il naso rotto.

Ricordo che per fare i propri bisogni si doveva andare fuori a piedi nudi anche se pioveva o nevicava, di notte, al buio. Il water era all'aria aperta, altro che climatizzatori! Magari oggi abbiamo anche il superfluo, mentre allora mancavano il necessario e l'indispensabile. Non esistevano la carta igienica, i dentifrici, il sapone, l'acqua potabile, i riscaldamenti, né tanto meno l'elettricità. Per ovviare al problema dell'illuminazione usavamo una lampada a petrolio o a olio, e anche quella si cercava di usare il meno possibile e mantenere sempre una minima quantità di combustibile per quando ci saremmo trovati in situazioni di vera e assoluta necessità.

Meno male che la nostra giovane età ci garantiva comunque di vivere quella situazione senza amarezza, senza tristezza, perché il nostro entusiasmo, la nostra gioia e il nostro sorriso ci proteggevano da tutto il resto, anche se la povertà, il degrado e quant'altro, per noi, erano pane quotidiano.

C'era un pozzo a tre metri da casa, da cui i miei genitori e i miei fratelli più grandi tiravano su secchi ricolmi d'acqua che servivano a dissetarci o a sciacquarci il viso almeno una volta al giorno.

A quei tempi i miei coltivavano il tabacco, avevano un piccolo terreno. Quando le piante erano mature andavamo a raccogliere le foglie per poi metterle al centro della stanza e infilarle, con l'aiuto di un grosso ago, in un filo di spago lungo circa un metro e cinquanta centimetri, per poi lasciarle ad essiccare al sole. C'erano una miriade di mosche, era impossibile contarle. Per ammazzarle si usava un insetticida che chiamavano "flit", veniva erogato da una bomboletta a pressione.

Durante l'estate, mia madre andava a raccogliere il grano che restava per terra dopo la mietitura fatta in precedenza dai contadini e dai proprietari dei terreni, quelle spighe venivano poi macinate ottenendo così della farina che mia madre faceva cuocere come una specie di polenta e che portava a tavola in un unico piatto, di cui poi erano 12-14 persone a cibarsi. Invitavamo i vicini alla nostra tavola: ricordo che uno di loro si era costruito un piccolo fornetto fatto di terra e mattoni per cuocere il pane, il profumo si diffondeva fino a un chilometro di distanza, così ne approfittavamo se ci invitavano, non ce lo facevamo ripetere due volte.

Tanta era la miseria che si mangiava tutto ciò che di commestibile si trovava in giro: carote, frutti acerbi di ogni genere, ortaggi, fave verdi, piselli crudi e sporchi di terriccio che noi andavamo a raccogliere direttamente dalle piante, ovviamente quando la stagione era fertile.

E poi mangiavamo patate, ogni volta che mio padre le interrava per farle germogliare, noi andavamo a prenderle senza che lui se ne accorgesse, le mettevamo sul fuoco per arrostirle e le mangiavamo. Anche i primi frutti di stagione come i fichi appena nati, grandi poco meno dei piselli, per noi erano fonte di nutrimento. Tutto ciò che arrivava a maturazione veniva portato sul tetto, veniva tagliato in due parti e si lasciava seccare al sole, poi riponevamo tutto dentro dei vasi di terracotta. Così ci preparavamo all'inverno, periodo in cui si soffriva maggiormente la fame. Eravamo fortunati se qualche volta ci toccava un vecchio pezzo di pane rinsecchito. Il comune e il governo rifornivano le famiglie di pane. Andavi lì con la tessera e te ne davano un chilo, quello doveva servire a sfamare una famiglia di 10 persone. Anche i primi frutti di stagione per noi erano fonte di nutrimento.

Un giorno ero da solo in casa, mia madre e i miei fratelli erano a lavorare in campagna, c'era forse un chilo di pane da parte, avevo fame, ne presi un pezzetto e lo mangiai, fu una pessima idea perché appena mio padre rientrò si accorse che ne mancava un pezzo, mi chiese che fine avesse fatto quello mancante, risposi che non lo sapevo, e mi colpì una decina di volte con una paletta di legno sulle mani e sulla testa.

Mio padre era figlio di persone benestanti del mio paese, ma avevano tutti il vizio del gioco d'azzardo, lui invece beveva e faceva la bella vita, pensava solo a se stesso e poco e niente ai figli. A noi ci ha pensato mia madre fino alla nostra maggiore età.

Intanto gli anni passavano, incominciavo a diventare un ometto, così se volevo uscire dovevo aspettare che mio padre si addormentasse per poter indossare le sue scarpe e prendere l'unico mezzo di locomozione disponibile: la bicicletta, quella con i copertoni imbottiti e senza camera d'aria. Non avevo paura di andare in paese, anche se era distante cinque chilometri, di notte, senza luci, neppure alla bicicletta, in quelle stradine impraticabili, sfasciate, pericolanti e scivolose, specie d'inverno quando l'unica fonte di luce era la luna, se il cielo era terso.

Comunque erano tempi duri e difficili per tutti, se avevi qualcosa da seminare, bene, altrimenti non se ne faceva nulla.

I miei giochi d'infanzia erano la campagna, il pallone, fatto di stracci, con cui io, i miei fratelli e i nostri amici giocavamo a piedi nudi, in un improvvisato campo da calcio, le cui porte consistevano in cumuli di terra appositamente ammucchiata. Molte volte a fine partita avevamo i piedi e le dita sanguinanti, con ematomi e qualche spina di pianta conficcata nel piede.

In estate i miei genitori, ci portavano al mare, distante circa dieci chilometri e mezzo. Il trasporto avveniva tramite un carro trainato da un cavallo di un vicino oppure una bicicletta con uno dei miei fratelli seduto dietro, sul portabagagli. Arrivati al mare felici e contenti, ci tuffavamo subito in acqua divertendoci come matti. Mio padre faceva il bagno con i mutandoni, gli stessi con cui andava a dormire, mi ricordava molto i cowboy dei film western americani. Praticamente, restavamo tutto il giorno in acqua a divertirci come pazzi e con la mamma che continuava a ripeterci di rimanere vicino la riva.

Il pranzo avveniva verso l'una, sotto una tenda fatta con un lenzuolo, come facevano gli apache del far west. Il menù del pranzo era un cocomero, oppure mia madre costruiva con delle pietre una improvvisata cucina e con della sterpaglia accendeva il fuoco per la cottura della pasta, usando in sostituzione dell'acqua dolce, che non c'era, l'acqua di mare. Finita la giornata, si raccoglievano i pochi stracci e in due ore di tempo si era di nuovo di ritorno a casa.

Intanto crescevo, si avvicinava il periodo scolastico, che per me era già in ritardo, potevo avere sette o otto anni, insieme a mio fratello più piccolo di me di tre anni, ho iniziato ad andare a scuola in quel periodo, non ho mai avuto un paio di scarpe o una prima colazione, al massimo potevo avere una manciata di fichi secchi che io e mio fratello minore ci eravamo guadagnati raccogliendo dei papaveri per portarli a una masseria lì vicino. Lì i papaveri venivano usati per nutrire i maiali e noi in cambio avevamo i fichi secchi. Ricordo che alle elementari ci andavo con un paio di gambali di gomma bucati, al posto delle scarpe, e per ripararli ci mettevo delle toppe, che mi procuravo dalle camere d'aria di qualche bicicletta, e le appiccicavo con del mastice per chiudere i fori. La mia scuola era distante circa un chilometro da casa, era situata in piena campagna con delle stradine brutte e rustiche, battute dai contadini a furia di passarci, piene di sterpaglia e arbusti e con qualche fico d'india qua e là, che ogni tanto raccoglievo per la fame, incurante delle spine. Sia d'estate che d'inverno avevo un paio di pantaloncini rattoppati, così come il resto del mio vestiario, mentre nelle giornate più fredde, mi coprivo con un maglioncino infeltrito e slabbrato, magari un paio di taglie più grandi della mia.

L'aula della scuola era affollata da cinque classi contemporaneamente, con un'unica insegnante, con bambini diversi per età ed estrazione sociale, c'erano quindi altri poveracci come me. Gli alunni abitavano tutti vicino alla scuola, ricordo che l'insegnante veniva da Lecce in bicicletta, anche con il maltempo, non mancava mai di percorrere quei venti chilometri per tenere la lezione.

Prima di uscire da scuola, si andava alla mensa scolastica, in cui una signora preparava da mangiare e dispensava cibo a tutti gli alunni che studiavano lì, in genere il pranzo consisteva in un piatto di pasta o un panino. Era talmente buono che difficilmente si può descrivere. Ho frequentato lì per tre anni circa, fino alla terza elementare, poi ho continuato a Cellino san Marco con mio fratello Antonio. In quel periodo avevamo fatto amicizia con un ragazzo che in seguito sarebbe diventato un artista di livello mondiale: Al Bano Carrisi. Tutte le mattine passavamo da casa sua per andare insieme a scuola, Al Bano non era bravissimo, anzi io ero più bravo di lui nello studio. L'insegnante mi diceva: "Bravo Immorlano, continua così!", e spesso mi metteva il voto sui quaderni di dettato o sui libri di lettura.

A volte succedevano delle risse tra noi ragazzi, così al rientro in aula l'insegnante ci puniva. La punizione consisteva nel farci aprire le mani e colpirci con una riga di legno quattro o cinque volte per mano. Arrivati a casa non potevamo dire nulla ai nostri padri altrimenti le avremmo prese anche da loro. In questa scuola, come nella precedente, c'era la mensa scolastica, non tutti però erano così fortunati da potervi partecipare, alcuni di noi restavano fuori a rincorrere avidamente l'odore della cucina che si diffondeva nell'aria. Tornati a casa un piatto in tavola ad attenderci, con un po' di fortuna, potevamo trovarlo, altrimenti quello che si trovava di commestibile era tutto buono.

Quando guardo i documentari di tutti quei bambini che fanno vedere spesso all'ora di pranzo in TV, vedo me stesso da piccolo, non c'è tanta differenza: allora come adesso c'erano chiese e preti che più o meno dicevano le stesse cose di oggi. "Pregare, pregare e pregare". Certamente, aggiungo io, pregare fa bene allo spirito, un po' meno alla pancia che è come un sacco, se non è pieno non si regge. Forse oltre che pregare bisognerebbe fare qualcosa in più e soprattutto dare qualcosa in più a chi soffre. Noto spesso in televisione personaggi di spicco che si fanno vedere in chiesa. Più sono ricchi e più vanno in chiesa, mi domando: come mai?

Mi hanno insegnato che Gesù ai suoi tempi si spostava in groppa ad un asino per i suoi viaggi, e che venne crocifisso per questo motivo, e mi domando perché oggi la Chiesa sia così potente e ricca. Detto questo non voglio parlare di politica, né tantomeno di religione. Voglio solo esprimere il mio pensiero e parlare della mia vita, che è stata sempre in salita e travagliata, "perbacco e perdindirindina" come diceva il grande Totò: ho sofferto da bambino, da giovane, nella mezza età e in età matura.Qualche anno più tardi, e con enormi sacrifici da parte di tutti, papà riuscì a coronare il suo sogno di costruire una casa tutta per noi.

Gli anni intanto passavano, diventavo un giovanotto ed avevo già qualche amico con cui uscire la sera, come al solito dovevo aspettare che mio padre si addormentasse, magari ubriaco, come spesso accadeva, per potergli fregare le scarpe e la bicicletta. Guardavo già le ragazzine della mia età dandogli uno sguardo sfuggente, ero molto timido e per un niente mi vergognavo. Sono stato fidanzato (per modo di dire) un paio di volte, si faceva l'amore con lo sguardo e da lontano. Guai se i parenti della ragazza si accorgevano di qualcosa! Potevano venire a romperti le ossa, come è successo a me una volta. Sono stato sorpreso a corteggiare una bella ragazza dal fratello della stessa, che mi ha invitato ad allontanarmi e a lasciar perdere. "La prossima volta che ti vedo dietro a mia sorella ti rompo le ossa." mi intimò.

Un'altra volta mi ero fidanzato con una ragazza che abitava in campagna, in mezzo ad un grande giardino circondato da tanti alberi di aranci, limoni ed uliveti. Un'unica strada, un unico sentiero, in campagna e al buio perché non esistevano luci, c'era solo un lieve barlume lunare. Per non farmi notare mi nascondevo in mezzo gli aranci, speravo di vedere la bella, ma una volta invece mi feci scoprire da dei cani inferociti che avevano fiutato la mia presenza, abbaiavano come dannati finché non uscì il padrone con la lupara ed incominciò a sparare nella mia direzione. Io mi misi in fuga rischiando di rimanere impallinato come un tordo.

Questo episodio l'ho voluto raccontare per far capire ancora di più e meglio quanto potevano essere difficili, in quei lontani anni cinquanta, i rapporti tra un ragazzo e una ragazza.

Capitolo II

Torino, 1957

Nel 1957, a diciotto anni, ho lasciato Cellino. Destinazione: Torino. Con tante speranze e tanti sogni, andai in cerca di fortuna e di avventura e alla conquista magari del grande amore. Ho girovagato senza soldi e senza nessuna meta in cerca di qualcosa che non ho mai trovato. Mi hanno assunto come lavapiatti in un ristorante vicino Porta Nuova, forse sulla mia faccia c'era scritto "terrone". Mi sfottevano, mi dicevano "dalle tue parti c'è la ferrovia?" oppure " sai come sono fatti gli aerei? sono arrivati dalle tue parti?". La miseria mi impediva di pensare a quello che dicevano, il loro modo di fare era razzista. Mangiavo tutto quello che mi capitava, compresi gli avanzi che restavano dai clienti, non buttavo via alcunché.

Una sera mentre ero in giro vicino alla stazione mi fermò la polizia chiedendomi di esibire i documenti che io ovviamente non avevo, così iniziarono a farmi le solite domande: "di dove sei? dove lavori?". Ero molto timido, non sapevo rispondere, così mi hanno dato il foglio di via, e mi hanno rispedito a Cellino. Ho provato di nuovo ad andarmene dopo qualche mese insieme ad un mio compaesano, ma andò male anche quella volta, anzi peggio di qualche mese prima. Questa volta avevo in tasca duecento lire, non sapevo come spenderle meglio, erano due giorni che non mangiavo e dormivo sulle panchine come un barbone, non volevo consumare quei pochi spiccioli, pensavo potessero servirmi in caso d'emergenza. Sopraffatto dalla stanchezza decisi di andare al cinema, pensai che almeno potevo riposarmi, e così feci. Il film era *Adamo ed Eva*. Entrato nella sala già quasi piena e trovato un posto a sedere, mi misi comodo nel centro della sala. Ebbi la pessima idea di togliermi le scarpe, i calzini non sapevo dove fossero finiti. Mi addormentai subito, tant'è che del film non vidi nulla ma sentivo l'audio della macchina da presa, e soprattutto sentivo la gente che diceva: "Madonna, ma che puzza è questa!". Non avevo neanche la possibilità di lavarmi.

Il giorno dopo ho trovato lavoro in un cantiere in Piazza del Duomo, ho iniziato a lavorare. L'impresario mi disse che pagavano lo stipendio ogni fine settimana. Anche se io avevo un urgente bisogno di soldi dovevo adattarmi alle sue condizioni. A mezzogiorno, tutti gli operai si fermavano e ognuno si portava qualcosa da mangiare, sparsi un po' in giro e seduti per terra, pranzavano. Qualcuno si accontentava solo di un panino e di un bicchiere di vino, altri invece tiravano fuori un bel piatto di pastasciutta ancora caldo e fumante, tenuto ben conservato e al sicuro dentro un recipiente ermetico. Io non avevo né l'uno né l'altro, ma ricordo molto bene che li osservavo mentre portavano alla bocca quelle forchettate di pasta con tanta ingordigia che riuscivo ad assaporarne il gusto e il sapore solo alla vista. Soltanto io che ero in disparte e solo, non avevo niente da mettere sotto i denti. Una volta, mi sedetti di fronte ad un edicola e vicino a me c'era l'edicolante, mi ero accorto che mi guardava fisso mentre anche lui mangiava. Ad un tratto questo signore si alzò, uscì fuori dal suo chiosco e con passo deciso venne verso di me, mi afferrò con tutte e due le mani dicendomi: "Alzati, vieni a farmi compagnia, mangia con me!". L'edicolante si era accorto che ero l'unico che non mangiava. Non so quante volte ringraziai quell'uomo per quel gesto pieno di tanta umanità e in un frangente molto difficile in quel giorno della mia vita.

Lavoravo parecchio, continuavo a soffrire e a sentire sempre di più la nostalgia del mio paese e fu così che, scoraggiato e avvilito da questa vita fatta solo di sofferenze, decisi di ritornare al mio paese, dato che ugualmente i soldi scarseggiavano. Il problema era che non avevo soldi per il biglietto del treno, ma ci salii lo stesso con vari stratagemmi, eludendo sempre i controllori che si trovano sui vagoni, specie la notte. Andavo al centro del vagone per vedere da che parte arrivava colui che bucava i biglietti, io gli andavo incontro e passavo dalla parte opposta a quella in cui lui era diretto. Tutto questo era durato fino alla mezzanotte, ma mentre ero in piedi un controllore era riuscito a bloccarmi, dicendomi la classica frase di rito: "Favorisca il biglietto!".

"Io ho già fatto..." gli risposi.

"Non è vero! Ti sto tenendo d'occhio da parecchie ore..." Insistette lui.

"Ma ho già fatto!" Gli dissi ancora.

"Se non mi dai il biglietto ti devo consegnare alla polizia ferroviaria." mi intimò.

Io però gli risposi così: "Se non mi lasci in pace ti spacco la faccia, brutto stronzo. Non avvicinarti più a me, hai capito?!"

Finalmente questo signore mi lasciò in pace e arrivai senza altri problemi alla mia destinazione: Brindisi. E lì vi rimasi fino alla mia avventura successiva.

Capitolo III

Roma, Settembre 1960.

La mia destinazione questa volta è Roma capitale, città bellissima ed eterna.

È da premettere che io sempre lavorato nella mia vita, ricordo che quando ero ragazzo, per il mio tredicesimo o quattordicesimo compleanno, mio padre mi regalò una zappa... Quello è stato il mio primo regalo di compleanno! Ero l'orgoglio di mio padre, è stato un grande maestro per la potatura degli ulivi, ce ne sono tantissimi dalle mie parti di questi alberi giganteschi e centenari. Io lavoravo con lui che aveva una squadra di 20-30 uomini, ero il più piccolo. Mio padre era richiesto da tutti i più grandi proprietari terrieri di Cellino e di San Pietro Vernotico, un altro grosso paese nelle vicinanze. Sembravo un piccolo Tarzan quando mi arrampicavo sugli alberi per sfrondare i rami, il freddo era pungente e ogni volta che un rametto secco mi sbatteva sulle dita faceva male. Facevamo dieci minuti di sosta a metà giornata, per mangiare solo un pezzo di pane asciutto e secco che noi accompagnavamo con delle olive o della cicoria selvatica; qualche volta eravamo più fortunati perché mia madre ci metteva nel pane dei pomodori preparati la sera prima, in padella, con un po' d'olio. Eravamo quattro fratelli e mio padre, con enormi sacrifici, in quel periodo riuscì a trasferire la nostra famiglia a Cellino.

Ma la vita di campagna non era fatta per me, buttai la mia zappa in un pozzo, vendetti la bicicletta di mio fratello per seimila lire e comprai un biglietto del treno a cinquemila lire. Partii per Roma assieme ad un altro ragazzo, e lì iniziò la mia avventura, ormai mi ero lasciato Cellino e le sue campagne alle spalle ed iniziai a lavorare in una pasticceria.

Settembre 1960: anno delle Olimpiadi a Roma, e soprattutto anno di grandi personaggi dello sport, il pugile Nino Benvenuti, Cassius Clay e tantissimi altri che resteranno nella storia.

Lasciai la pasticceria per lavorare come lavapiatti in una pizzeria in Piazza Vittorio, ma il mio sogno era di fare l'attore: una volta feci anche un provino cinematografico a Cinecittà, mi dissero che ero molto bello, ma questo è un altro discorso. Ero affascinato da Roma, dai personaggi e dagli artisti dell'epoca come il grande Mimmo Modugno, si parlava tanto di lui, al mio paese si diceva che il grande Mimmo aiutava le persone che andavano a trovarlo, ed ebbi anche io l'opportunità di andare a trovarlo nella sua casa; e poi Claudio Villa, la più bella voce di tutti i tempi a mio parere, Maurizio Arena soprannominato "il fusto", Lorella De Luca,

Renato Salvatori, Alberto Sordi e tantissimi altri che sarebbe impossibile elencare. Roma a quei tempi era molto diversa da oggi, non era difficile incontrare, nelle trattorie, personaggi con la chitarra che cantavano i tipici stornelli. Non era ancora il tempo delle droghe: forse c'era troppa fame e alla droga si pensava meno. Finito di lavorare, verso mezzanotte o l'una, uscivo a fare una passeggiata, mi sedevo su una panchina. Guardavo le stelle e la gente che si divertiva, non ho mai visto un drogato, o una sola siringa per terra, la Capitale era molto bella in quel periodo; c'erano tanti personaggi del cinema mondiale, tanti artisti italiani, era il tempo del cinema Peplum, dei film mitologici e del neorealismo. Mi piaceva tanto il cinema, specialmente i film di Ercole, Maciste, qualche volta andavo da un capo all'altro di Roma per vedere tre film in una serata. La Hollywood del tempo era l'Italia, attori americani e francesi transitavano per Cinecittà dove sono stati girati tanti film storici come *Cleopatra* e *Ben Hur*. Come non ricordare Liz Taylor, Richard Burton, Charles Bronson, Henry Fonda, Clint Eastwood: attori che in America non erano ancora nessuno.

Sono rimasto a Roma sei o sette mesi, sempre a lavare pentole e a pulire teglie. Io venivo dalla campagna dove vedevo il sole tutte le mattine, a Roma non lo vedevo per niente perché il lavoro incominciava alle sette del mattino, si lavorava fino alle due del pomeriggio e poi c'era la pausa pranzo. Ricominciavo alle quattro e finivo solo alle due di notte. Ho lavorato lì per pochi mesi, poi ho trovato un nuovo posto di lavoro a Guidonia, dove rimasi a lavorare in una pasticceria e pizzeria vicino alla stazione ferroviaria. I proprietari erano di origini toscane, brave persone, anche se mi prendevano un po' in giro per scherzare. Ricordo che la padrona era una bella donna sulla quarantina, io di anni ne avevo ventuno ed ero quindi giovanissimo e imbranato, ma alla signora piacevo. Dormivo nel ristorante, su una brandina che tutte le sere dopo la chiusura sistemavano per me, ogni mattina la signora mi portava il caffè e mi dava il buongiorno con un bel sorriso. Era evidente che aveva una cotta per me, ma non si rendeva conto di avere a che fare con un giovanotto inesperto, che mai aveva avuto rapporti con una donna e al cui solo pensiero tremavano le gambe: dovevo anche fare attenzione al marito, si era creata una situazione un po' pesante per me.

Un giorno si presentò un amico del mio capo dicendo che cercava un aiutante pasticcere, ed io mi presentai dicendo che cercavo lavoro. Io ed il signor Vincenzo (che scoprii essere di Sulmona) ci mettemmo d'accordo sul salario, e dopo una decina di giorni già lavoravo nella nuova pasticceria. Era inverno, c'era un metro di neve per terra, ed io lavoravo dalle quattro del mattino fino all'una, per poi mangiare in pasticceria e ricominciare a lavorare dalle sei alle otto di sera: inutile dire che essendo giovane, mi sfruttavano abbastanza. Ma rimasi lì per pochi mesi, per tornare poi a Cellino dove raccontai tante favole e chiacchiere ai miei vecchi amici.

Avevo tre amici in particolare con cui passavo le serate, andando in giro con le nostre vecchie biciclette malconce. Questi ragazzi avevano delle voci meravigliose, uno di nome Antonio sapeva imitare benissimo Claudio Villa, un altro nientemeno che Al Bano, che allora non era ancora il personaggio di spicco che è poi diventato ed è ancora oggi. Al Bano Carrisi non era bello: ha sempre dovuto portare gli occhiali per problemi di vista, ma forse per la fortuna che ha avuto come cantante anche a livello mondiale, è riuscito ad avere successo con le donne. Io l'ho conosciuto quando ancora tutto questo era di là da venire, avevamo vent'anni circa, poi i nostri destini si sono separati: lui cantante, io pasticcere.

Capitolo IV

Rieti, Ottobre 1962.

Dopo questa breve parentesi, mi sono trasferito a Rieti. Qui ho conosciuto la mia futura moglie, Sara.

Avevo trovato alloggio per dormire in un'abitazione di un uomo vedovo con un figlio che un giorno sarebbe diventato avvocato. Devo dire che entrambi erano persone per bene, molto cordiali e sempre gentili nei miei confronti, e anche io cercavo di esserlo con loro, non dando mai l'occasione di lamentarsi per qualche mia mancanza. In questa casa veniva regolarmente una donna addetta alle pulizie. Un giorno questa signora venne in compagnia di una giovane e bella ragazza, Sara appunto, che mi venne presentata, di lì a poco ci fidanzammo ufficialmente, e mi presentò ai suoi genitori e ai suoi parenti.

Di sera molto spesso mi invitavano a cena da loro e non mi dispiaceva affatto, anche perché in quel periodo cercavo un po' di calore familiare e cenare con loro mi riempiva di gioia il cuore e francamente anche lo stomaco, visto che in quel periodo non avevo nessuno dei mie familiari vicino. Forse, quello, fu uno dei periodi più belli della mia vita, dopo essere andato in giro su e giù per l'Italia, in cerca di lavoro e di un futuro decoroso. Ora avevo tutto quello che un ragazzo della mia età potesse desiderare: avevo un'occupazione che mi dava parecchie soddisfazioni, un discreto alloggio e poi, finalmente, l'amore di una ragazza che completava le mie lunghe giornate lavorative, che ora cominciavano a pesarmi sempre di meno al pensiero che, una volta fuori dal bar, avrei potuto incontrarmi con lei.

Non passò molto tempo che conobbi tutti i parenti di Sara, compreso un bel giovane che mi venne presentato come uno dei tanti cugini. Ormai mi ero conquistato l'affetto di tutti e avevo raggiunto quella serenità interiore che mi aveva aiutato a dimenticare il mio triste passato e a pensare solo al futuro, con una moglie e, perché no, con dei bambini.

Duramte la settimana di Natale però, successe che dopo il lavoro andai a casa della mia ragazza, ma lei non c'era e i suoi genitori erano sconvolti, qualcuno addirittura piangeva, chiesi cosa stesse succedendo e uno di loro mi disse che la mia fidanzata era scappata con quel giovane che qualche sera prima mi avevano presentato come il cugino, al contrario questo giovanotto aveva conosciuto la mia ragazza qualche anno prima. Deciso a voler troncare tutto o almeno così sembrava, non andai più a casa di queste persone, ma vennero loro a cercarmi sul lavoro, era chiaro che non mi volevano perdere, dispiaciuti per ciò che era successo. In un attimo, mi crollò il mondo addosso, io ero veramente innamorato di quella ragazza, avevo puntato tutto su di lei, ed ora mi sentivo ferito, svuotato, deluso e, pur non avendo il vizio del bere, pensai bene di sfogare la mia rabbia ubriacandomi con un'intera bottiglia di amaretto di Saronno, di cui adesso non sopporto neanche l'odore, per tre giorni risentii dei postumi della sbronza. Ero molto triste, non sopportavo quel dispiacere, ma allo stesso tempo, l'orgoglio di uomo mi portava piano piano a razionalizzare l'accaduto e, benché a malincuore, ad accettare l'idea di ritrovarmi nuovamente da solo. I genitori di Sara continuarono a essermi molto vicini in quei momenti, invitandomi comunque a mantenere i rapporti con loro, cosa che io non feci, anche perché tutti quegli ambienti non facevano altro che ricordarmi i bei momenti trascorsi con la ragazza che era riuscita a farmi soffrire così tanto.

Poco prima di Natale, lei tornò a casa, come se nulla fosse successo, insieme al suo nuovo amore, i suoi parenti che erano infuriati con lui, lo allontanarono da lei, accompagnandolo addirittura alla stazione ferroviaria. Poi cominciarono una sorta di corteggiamento serrato nei miei confronti, cercando di convincermi che, in fondo, non era successo niente di grave, che Sara era tornata a casa, che tutto poteva tornare come era prima e che presto io avrei potuto dimenticare l'offesa ricevuta. Io ero molto innamorato di quella ragazza e quindi devo dire che non ci volle molto a farmi ritornare sui miei passi. Ero sempre più che mai convinto che Sara era la ragazza della mia vita e che, per questo motivo, avrei potuto perdonare il suo tradimento. Così, come se niente fosse, tornammo insieme, ma i problemi continuarono per via dei nostri animi giovani, e anche se Sara, la mia futura moglie, non era stabile e né seria, ma io l'amavo profondamente. Per la prima volta ebbi una ragazza così bella, incominciammo a frequentarci di nuovo, lei veniva a lavorare con me la mattina con qualche ora di anticipo e poi andavamo a dormire insieme.

Il primo maggio del '63 arrivò il fatidico giorno del matrimonio e fu un disastro. Il pranzo nuziale avvenne in casa tra i parenti, anche perché non c'erano soldi. Nel bel mezzo del convivio si presentò una cognata di mia moglie combinando un putiferio e strillando contro suoceri e cognate. Forse perché non era stata invitata? Non ho mai capito il motivo di quella sfuriata. Intervennero i carabinieri per calmare le acque. Verso le due del pomeriggio, mio cognato ci accompagnò a Roma, dovevamo partire per Cellino San Marco in luna di miele. Siamo rimasti lì per cinque mesi o giù di lì, dopo siamo ritornati a Rieti un'altra volta, i suoceri ci hanno ospitati in casa loro, dandoci una vera e propria stanzetta, brutta con le pareti annerite e con tanti buchi sui muri perché qualche anno prima c'era stata l'officina di un meccanico proprio lì. La porta d'ingresso era fatiscente, al posto del vetro c'era la carta. L'ambiente richiamava molto quello del film "Non aprite quella porta". Comunque ci sistemammo alla meno peggio e cercammo di rendere sempre più accogliente quella camera in cui avremmo dovuto trascorrere le notti, visto che in alternativa non c'era altro di meglio.

Quegli anni di disagio furono però ricompensati dalla nascita del mio primo figlio, Federico, il 26 aprile del 1964, che riuscì a riportare entusiasmo e gioia a tutti, nonostante che la nostra condizione di vita lasciasse parecchio a desiderare e con il lavoro che continuava a essere saltuario.

Dopo un'attenta e lunga riflessione, decidemmo allora di emigrare in Germania per tentare la fortuna e dare una svolta alla nostra vita, visto che ormai dovevamo pensare
anche a Federico e al suo futuro.

Capitolo V

Bonn, 1964.

Devo dire che non è andata poi tanto male in questo periodo. Io ho trovato occupazione al Parlamento Federale di Bonn, il *Bundeshaus*, io come pasticciere e Sara come addetta alle pulizie della cucina. Un giorno la mia signora, al lavoro, comprò una bottiglia di Coca Cola che scivolando si ruppe, tagliandole le mani: venne portata d'urgenza in ospedale e le furono suturate le ferite con sei punti, l'assistenza fu eccezionale, sembrava che le infermiere stessero per mettersi a piangere per lei. Rimasi meravigliato perché di solito i tedeschi hanno un carattere molto duro, inflessibile, ma in quelle circostanze dimostrano grandissimo amore e delicatezza, anche se nella realtà ti trattano con rispetto solo se sei un professionista, mentre uno spazzino sembra non valere nulla.

Una volta mentre stavo lavorando, lo chef mi chiese di fare la pizza. Io preparai l'impasto e non appena lievitò, preparai cinque pizze con relativi ingredienti, ovvero mozzarella, pomodoro, acciughe, prosciutto. In quell'istante lo chef mi disse: "Nein! Nein! Adesso fare vedere io a te mia pizza!". Conclusione: la sua pizza era alta circa cinque centimetri.

È stata una bella esperienza apprendere anche il loro modo di lavorare in quel grande palazzo che era il Parlamento, io avevo accesso a tutto, per quanto riguardava il cibo. Mia moglie era addetta alle pulizie nelle cucine invece, era un sacrificio per lei, non le era concesso nulla o quasi.

Al pranzo e alla prima colazione provvedevo io, altrimenti quello che le passavano a colazione era una brocca di caffè somigliante più a una brodaglia nera senza zucchero e a pranzo invece le toccava una patata lessa con tutta la buccia e un po' di crauti senza sale e senza olio, se voleva qualcosa di meglio doveva pagare. Invece a tutto questo ci pensavo io, potevo farlo perché nessuno mi ostacolava, avevo libero accesso in tutto perché ero un professionista, ero un pasticcere. Finito il lavoro la sera, se non volevo cenare dentro il ristorante, facevo un pacco da asporto mettendoci circa un chilo di Pancarre' e altrettanto prosciutto cotto con maionese, era una pacchia, anche se la paga non era altissima era pulita, non avevo spese di nessun genere, era pagato anche il viaggio per andare la mattina al lavoro. Domanda: perché sono andato via? Semplice, ero troppo giovane, avevo 25 anni e a mia moglie piacevano le avventure, non a caso dopo qualche anno mi ha regalato a mia insaputa un bel bambino. Rientrati in Italia, dopo qualche mese andai a lavorare in Svizzera, in montagna, anche lì era una pacchia: viaggio pagato dalla proprietaria dello hotel Frau Yossi, grandissima personalità, vera signora. Era la stessa situazione di Bonn insomma, anche se questa volta c'era un po' di differenza, il lavoro era poco, facevo solo quello che serviva allo hotel. Chi ci lavorava? Io e tre uomini insieme a circa quaranta bellissime ragazze affamate di sesso, potevo averne una ogni sera, non le cercavo, erano loro che mi aspettavano davanti alla mia porta, non avevo bisogno di chiedere nulla, ero giovane e bello, avevo appena 25 anni e a quella età per le ragazze svizzere o tedesche non è l'uomo che deve cercare, ma è la donna che va a caccia, non avevo certo bisogno di niente altro. Mi serviva un po' più di materia grigia in testa, mi mancava la stabilità e l'esperienza, infatti ci sono rimasto solo due mesi, Frau Yossi non credeva che io dovessi andare via, infatti, quando mi ha dato la liquidazione, ha detto "mai più italiani da me".

Capitolo VI

Il ritorno a Rieti.

Ritornati a Rieti trovai lavoro in un panificio sempre come pasticcere, lavoravo per otto/dieci ore, in questo modo riuscivo a far vivere dignitosamente la mia famiglia. Nel frattempo avevo trovato una piccola abitazione in periferia e ci trasferimmo, mi sentivo felice, avevo finalmente una famiglia e un lavoro, dovevo essere contento, non potevo desiderare altro. Invece tutto il contrario. Il mio orario di lavoro era dalle due del pomeriggio alle otto di sera, non era niente male!

Una sera del mese di Settembre del 1966 ritornando a casa la sera, notai che la porta di casa era chiusa a chiave. Non avendo le chiavi bussai alla porta, si sentiva il pianto di Federico, che all'epoca aveva tre anni, era chiuso dentro, strillava e piangeva. E la madre dov'era? La cercai a casa dei suoi genitori e dalla sorella che viveva da sola, nessuno sapeva dove fosse andata. Ritornai a casa, e forzai la porta, trovai il bambino nella culla che piangeva. Istintivamente, la prima cosa che feci fu quella di prendere il bambino dalla culla, cercando di calmarlo perché continuava a piangere a singhiozzi e per fortuna dopo un po' Federico si riaddormentò tra le mie braccia. Qualche ora più tardi rientrò a casa e le chiesi dove fosse stata, mi disse che era andata a comprare del latte, le dissi che non poteva essere vero, i negozi chiudevamo alle otto. "Dove sei stata tutto questo tempo? E perché hai lasciato il bambino da solo e chiuso in casa?". Ovviamente litigammo e lei non seppe darmi delle risposte convincenti. Ci riappacificammo solo perché nel frattempo venne a trovarci la sorella di lei, e vedendo che qualcosa tra noi non andava cercò di stendere un velo pietoso sulla faccenda.

Dopo qualche settimana, una domenica uscimmo di casa per fare una passeggiata, volevamo andare a trovare i nonni a piedi dato che non avevamo la macchina, non era possibile comprarne una in quel momento. Passeggiando, incontrammo un signore che mia moglie conosceva, venne incontro a salutarci, sorridente, invitandoci a fare un giro con lui a piedi lungo il lago di Piediluco, distante una ventina di chilometri da Rieti. Accettammo e salimmo tutti in macchina. Notai che Federico era a suo agio nella macchina. Arrivati al lago, lasciammo la vettura per poi proseguire a piedi. Il signore ci offrì un caffè, passeggiammo per circa mezz'ora discutendo del più e del meno, e poi ci incamminiamo verso la macchina per tornare a casa. Una decina di metri prima di arrivare alla macchina,

Federico si divincolò e mi sfuggì dalle mani correndo verso la macchina del nostro amico, anche se era parcheggiata insieme a tante altre, l'aveva riconosciuta subito. In quell'istante rimasi sconcertato, pensando a come poteva essere che un bambino così piccolo riconoscesse subito una macchina che aveva visto una volta sola.

Ci congedammo dal nostro amico e ritornammo a casa.

Nei giorni e nei mesi che seguirono mia moglie era un po' cambiata, io non gli davo tanto peso, la vedevo strana, sì, ma lavoravo dieci ore al giorno, anche se il mio pensiero era sempre a casa e a mia moglie. Non posso nascondere che era un po' pazzerella e poco seria, non mancavano mai le occasioni per farmi ingelosire con i suoi atteggiamenti libertini. Appena un uomo le stava vicino incominciava a fargli gli occhi languidi e a corteggiarlo, quindi la gelosia da parte mia era giustificata.

Scoprii che era rimasta incinta del secondo figlio, nato il 14 Novembre del 1967. Si chiama Fulvio. Tutti mi dicevano che il bambino non mi somigliava affatto, era troppo diverso da me e dal fratello Federico, i sospetti e tutto quello che si sentiva in giro mi portarono ad avere dubbi sulla fedeltà di mia moglie.

Nei mesi successivi mia moglie era sempre più strana: piangeva, rideva, non riuscivo più a capirla. Io ero in cerca di un nuovo lavoro, nel disperato tentativo di migliorare la nostra situazione economica. Intanto i rapporti con i familiari di mia moglie non erano proprio il massimo della serenità, anzi il contrario. Spesso si assistevano a degli scontri tra genitori e figli, mi sembravano tutti matti, queste liti avvenivano di frequente all'ora di pranzo, ci fosse stata una volta che erano d'accordo su qualcosa! Litigavano per ragioni futili per lo più. Il fratello di mia moglie aveva passato più anni in galera che fuori e una volta mia moglie si è confidata con me dicendomi che quando era ragazza, verso i 14 anni, è stata violentata da questo fratello galeotto, mi disse che se l'era trovato una notte a letto insieme a lei, nudo. "Mi ha violentata, sono stata impotente e non mi sono potuta difendere…" mi disse lei. Non le ho creduto tanto, conoscendola bene!

Una mattina decisi di dare una svolta alle nostre vite, andai all'ufficio di collocamento, e parlando con un funzionario, mi proposero un lavoro in Australia, in cui c'era una forte richiesta di personale qualificato nel mio ambito. Accettai subito, il viaggio era gratuito e bisognava partire da Napoli. Ne parlai con mia moglie e dopo qualche mese partimmo con la motonave Angelina Lauro, una nave passeggeri. Ero molto contento di affrontare questa avventura anche se non avevo una lira in tasca, non mi importava, volevo allontanarmi da

Rieti, volevo la mia famiglia lontano da un ambiente che mi sembrava corrotto. E poi l'Australia mi piaceva e non avevo nulla da perdere, le prospettive erano buone. Ero un giovane di 28 anni, mia moglie aveva 22 anni, Federico quattro anni e Fulvio quasi un anno. Avevamo le carte in regola per incominciare da zero.

Capitolo VII

Sunshine, 1967.

Melbourne (Australia). Vista su Victoria Street.

Il viaggio è durato circa un mese, l'oceano di notte faceva paura, a volte il mare era agitatissimo.

La prima fermata è stata l'isola di Tenerife dove ci hanno permesso di scendere dalla nave per una giorno, ne abbiamo approfittato per visitare le piantagioni di banane. Il giorno dopo siamo ripartiti, questa volta ci dovevamo fermare a Città del Capo, arrivati in Sud Africa la sosta è durata due giorni, ma non è stato niente di speciale, è molto più bella Roma.

Avevamo fatto amicizia con un ragazzo del mio paese nel frattempo, anche lui andava in Australia. Si chiamava Antonio e aveva degli amici che lo aspettavano lì, dall'altra parte del mondo, noi invece non avevamo nessuno, eravamo soli, senza soldi, non parlavamo l'inglese, avevamo solo la nostra gioventù e la nostra incoscienza.

1968, "Angelina Lauro"

Arrivati al porto di Melbourne, ci portarono in una specie di campo nomadi con dei bungalow fatti di lamiere, lontani dal centro abitato almeno dieci chilometri. C'erano tante persone, tutte in cerca di fortuna. Siamo stati lì un paio di giorni. Ci passavano anche il vitto, dovevamo prendere le nostre posate e fare duecento metri prima di mangiare in questa mensa allestita per l'occasione. In questi giorni abbiamo ritrovato Antonio e ci siamo accordati per incontrarci di nuovo dai suoi amici nostri paesani, che comunque io non conoscevo e che da parecchi anni vivevano a Sunshine. Queste persone ci hanno dato ospitalità per qualche giorno, ci hanno aiutato a cercare un'abitazione e un lavoro. Con Antonio invece ci accordammo per dividere le spese di casa in modo da risparmiare qualche soldo per le altre spese. Il paese in cui abitavamo si chiamava Sunshine, distante circa trenta chilometri da Melbourne, io tutte le mattine prendevo il treno per andare a lavorare, mentre mia moglie, i bambini e Antonio restavano a casa. Lavoravo in una pasticceria siciliana in west Melbourne, le paghe erano basse ed ero in cerca di un lavoro migliore anche perché le richieste non mancavano. Un giorno mentre ero di ritorno a casa, notai che mia moglie aveva degli atteggiamenti un po' particolari con Antonio, gli sguardi erano sempre più dolci e languidi tra i due, la gelosia incominciava a rodermi sempre di più, finché capitò l'occasione per litigare e cacciare fuori di casa Antonio, mia moglie rimase dispiaciuta dell'accaduto chiedendomi in lacrime perché l'avessi fatto. Dopo qualche giorno trovai un'altra piccola abitazione vicino al mio posto di lavoro. Ci trasferimmo subito, i bambini incominciarono ad andare all'asilo, e mia moglie trovò lavoro in una fabbrica di tessuti vicino casa, nel frattempo io avevo trovato lavoro come pasticcere in uno dei più grandi e lussuosi hotel di Melbourne, cambiando completamente stile di vita, le paghe erano migliori, avevo qualche dollaro in più in tasca.

Un giorno poi decisi di iscrivermi in una palestra di body building su suggerimento di un amico, il mio fisico era gracile e magro, tant'è che per ben due volte fui scartato alle visite per la leva militare. All'inizio mi vergognavo un po', in mezzo a tanti bestioni con bicipiti così grossi che ne avevo visti di simili solo nei film, a quei tempi noi giovani sognavamo di diventare Mister Universo. Ho preso ad allenarmi con passione e serietà, tutti i giorni per due ore al giorno: dopo sei mesi avevo messo su otto centimetri di torace, sollevavo pesi da ottantacinque chili e non mi vergognavo più. Il mio fisico infatti incominciava a cambiare, e andare in palestra era un ottimo passatempo. Tutte le domeniche portavo i bambini da un insegnante di nuoto, e mentre loro prendevano lezioni, con la mamma che li osservava, io mi dedicavo al mio sport. Devo dire che ero diventato abbastanza bravo, qualche mese dopo il mio fisico era più tonico e muscoloso anche perché facevo almeno due ore di palestra al giorno, ero seguito costantemente dai miei istruttori che non mi perdevano mai di vista.

Intanto avevamo fatto amicizia con una famiglia di siciliani, si chiamavano Benito e Dora. Lui veniva con me in palestra, aveva la mia stessa passione, e poi parlava sempre dei film mitologici, e di un grande del cinema dell'epoca, Steve Reeves. Ci piaceva guardare i suoi film e ammirare la sua figura così maestosa da sembrare finta. Noi cercavamo di imitarlo in palestra. Ovviamente nonostante questo non trascuravo mai il mio lavoro al Southern Cross Hotel. Eravamo otto pasticceri e circa venti cuochi, tutti di nazionalità diversa. Purtroppo però il mio lavoro al Southern Cross non continuò a lungo. Avevo un collega tedesco, pasticcere come me, che invidiava i miei muscoli e cercava di mettersi in competizione con me: un giorno si trovava vicino ai lavapiatti, tutti spagnoli, che lui offendeva continuamente, ed aveva tra le mani la caldaia di un macchinario per sbattere le uova. Sollevò la caldaia, del peso di venti chili, e la lanciò con tutta la sua forza verso un poveraccio che lavava i piatti, che si fece male alle gambe e imprecò chiamandolo "Hijo de puta" e "Puerco". Ovviamente presi le difese dello spagnolo, chiedendo al mio collega il perché di quel comportamento: mi rispose che quelli erano asini, gente sottosviluppata. Io reagii d'impulso, sollevando di peso quel vigliacco e scaraventandolo su una stufa bollente, un gesto che lui non si aspettava: scappò via urlando come una cornacchia per tutto l'hotel, col culo bruciacchiato. Il giorno dopo venni licenziato dal direttore (tedesco come lui).

Ogni tanto quando tornavo a casa dal lavoro, trovavo mia moglie in lacrime o che si lamentava, non capivo perché o almeno facevo finta di non capire, ero innamorato e pensavo che le sarebbe passato. Finché un giorno, mentre passeggiavamo con i nostri bambini, incontrammo per caso i nostri amici Benito e Dora. Dopo i convenevoli, mentre noi uomini ci scambiavamo qualche battuta scherzosa, tra le due donne si era accesa una discussione vivace, Dora diceva, rivolgendosi a mia moglie: "L'importante è che non litighino i nostri uomini, altrimenti tu te la vedrai con me!". Da quel giorno le nostre donne non si sono più frequentate.

Sara intanto cominciò a crearmi problemi. Ricordo in particolare un giorno in cui il tempo non era dei migliori, avevamo litigato, e lei voleva uscire, mentre io non volevo, allora le dissi: "Se vuoi esci da sola.", mentre fuori c'era un temporale con nubi nere, tuoni e lampi. Lei era furiosa, ed uscì fuori di casa, sbattendo la porta. Io ed i bambini ci facemmo una gran risata, perché sapevamo che sarebbe ritornata indietro subito, viste le condizioni meteorologiche, infatti dopo dieci minuti bussarono alla porta.

"Papà, mamma è tornata!" disse Federico.

"Lasciamo che si bagni un po', magari si schiarisce le idee..." dissi io, ma alla fine aprimmo la porta.

Tra me e Benito le cose andavano sempre bene,

frequentavamo ancora la palestra e ogni tanto ci facevamo qualche partita a biliardo. L'Australia mi piaceva molto, c'era tanto lavoro, e potevi cambiare occupazione quando volevi.

Durante la mia permanenza in Australia, uno dei ricordi che più mi scaldano il cuore è quello del mio incontro con Al Bano Carrisi, il mio amico d'infanzia, mi fece proprio piacere incontrarlo, potete immaginare quanto sia bello ritrovare un proprio connazionale e compaesano a chilometri e chilomerri di distanza da casa. Venni a conoscenza che il mio amico Al Bano, che ormai si esibiva in tutte le città del mondo, avrebbe tenuto un concerto proprio a Melbourne. Non volli perdermi quell' opportunità e feci in modo di incontrarlo, fu un momento emozionante che in un attimo ci riportò indietro di molti anni, quando da bambini, ci recavamo insieme a scuola. In memoria di quest'evento, lo convinsi a scattare questa foto ricordo.

Melbourne, 1970. Con Al Bano Carrisi.

Chiusa questa breve parentesi, continuiamo con il racconto. Trovai un altro lavoro, questa volta si trattava di una fabbrica in cui si producevano cioccolato, caramelle, wafer, uova pasquali. Io ero addetto alle creme e agli impasti. La fabbrica era molto grande, con circa un centinaio di operai, ognuno addetto alle sue mansioni. Mi piaceva tantissimo, non c'erano controlli, nessuno ti diceva quello che dovevi fare, il direttore dello stabile si vedeva una volta a settimana, era un vero lord inglese, le uniche parole che diceva erano "Buon giorno, how are you? Buon lavoro, goodbye". Ogni tanto, essendo pasticcere, mi divertivo a scrivere sui fogli di wafer frasi tipo "Happy Birthday" e così via. Tutte le persone che vedevano queste decorazioni si complimentavano con me. Tutto questo è durato per tre anni di permanenza in Australia, poi abbiamo deciso di ritornare in Italia. Prima di salire a bordo della nave Achille Lauro, alcuni amici, mi dissero che sbagliavo a ritornare in Italia, e che comunque se mi fossi pentito di quello che stavo facendo, loro sarebbero stati pronti ad aiutarmi con un richiamo, garantendo per me e la mia famiglia vitto e alloggio alle autorità australiane. Devo dire che mi commossi a tal punto che mi scappò anche qualche lacrima, che subito riuscii a nascondere, pur continuando ad avvertire sensazioni di amarezza. Era scontato che mi dispiaceva lasciare quella terra, che comunque mi aveva dato tanto, ma alla fine aveva prevalso quel senso di nostalgia che mi legava all'Italia. Mille pensieri mi passarono nella testa, ma tutto finisce nella vita, anche un momento triste di addio come quello. Abbracciai a uno a uno i miei amici, li ringraziai e poi salii con i miei sulla nave, facendo uno sforzo per non girarmi più verso di loro: da quel momento non si poteva tornare più indietro. La mia situazione coniugale non andava granché bene, nonostante io cercassi di non pensarci e di fare finta di niente ogni volta, anche se avevo riscontrato in mia moglie un allontanamento ormai già da tempo. I miei sentimenti nei suoi confronti non erano però cambiati, e poi c'erano i nostri due ragazzi che stavano crescendo e non avrei voluto dare loro alcun tipo di dispiacere.

Fu proprio durante il ritorno in Italia che mia moglie mi mise al corrente della sua intenzione di chiedere la separazione una volta tornati a Rieti. Era chiaro che io non accettavo una cosa del genere e per tutto il viaggio cercai di avere un comportamento più che mai affettuoso nei suoi confronti, per cercare di salvare tutto quello che restava da salvare del nostro matrimonio, soprattutto per i figli. Con questi pensieri in testa feci, dal punto di vista psicologico, un viaggio disastroso, anche se continuavo a sperare sempre in un ripensamento da parte di Sara.

Dopo circa un mese di traversata giungemmo in Italia e quindi a Rieti.

Capitolo VIII

Il ritorno in Italia.

Pochi mesi dopo, trovai lavoro a Terni, distante trenta chilometri da casa. Una sera quando rientrai, mia moglie non c'era più, se n'era andata, aveva abbandonato il tetto coniugale. Il mio primo istinto fu quello di cercarla a casa dei genitori ed effettivamente c'era. La convinsi a ritornare indietro, avevamo dei bambini, e bisognava pensare soprattutto a loro.

Ci abbiamo provato, ma non ha funzionato. Da Luglio a Dicembre scappò via quattro volte. A Natale eravamo già separati, tutti i suoi parenti ce l'avevano con lei, tranne uno dei suoi fratelli che ad ogni buona occasione la portava in discoteca. Una sera mentre ero di passaggio nei pressi del posto di lavoro di una delle sue sorelle, mi fermò una ragazza dicendomi: "Signor Raffaele ti devo parlare, tua moglie è l'amante di mio padre". Mia cognata intanto si intromise e mi disse che non era vero quello che mi stava raccontando quella donna e di non darle retta, però queste parole erano la conferma dei sospetti che avevo nutrito fino a quel momento. Non appena ritornai a casa, con una scusa presi Federico e andai via. Convinto di ciò che stavo facendo, andai alla stazione di Rieti e presi il treno per Brindisi. Arrivati a Cellino dopo tante ore di treno, non feci in tempo ad entrare in casa di mia madre, che mi avvertirono della presenza di una macchina sospetta nelle vicinanze da parecchie ore. Guarda caso, era mia moglie, con sua sorella e due dei suoi fratelli, mi stavano aspettando. Con una violenza da film, mentre i due uomini mi tenevano a bada, le due donne con rapidità da vere professioniste presero Federico e lo scaraventano nella macchina, per poi partire a tutta velocità e portarlo via da me. Amareggiato e stanco di tutto questo, decisi di separarmi da lei, anche perché sospettavo che Fulvio, il più piccolo dei bambini, non fosse mio figlio. Decisi di ritornare a casa dalla mia famiglia a Cellino San Marco e cercai di rifarmi una nuova vita. Avevo 33 anni, ero ancora giovane e non avevo paura di nulla. Avevo trovato lavoro in un paesino vicino, nel frattempo cercavo un socio con del capitale per aprire una pasticceria tutta mia, visto che il mio mestiere era quello.

Un giorno passeggiando per le vie del mio paese, incontrai un caro vecchio amico di nome Gino. Gli proposi di aprire in società una pasticceria, non esitò un solo istante e mi disse: "Be', sono stato anch'io in Canada per cinque anni e mi sono stufato, sono ritornato per cercare di fare qualcosa qui a Cellino. Mi piace l'idea della società, tu sei un pasticcere, io no e non ci capisco niente del tuo mestiere. Io metto i soldi e tu l'arte! Andiamo a comprare ciò che ci serve per lavorare". Andammo a Lecce, acquistammo alcuni macchinari, e così nacque la nostra "Pasticceria Romana". Grazie, amico mio.

All'inizio andava tutto bene, e nel tempo libero andavo in cerca di una ragazza per rifarmi anche sotto l'aspetto sentimentale. Gino per me era tutto, era l'amico che tutti cercano, leale, onesto, allegro, simpatico. Non l'ho mai dimenticato.

Avevo ancora contatti con mia moglie anche se eravamo separati legalmente, mi concedeva di prendere Fulvio e tenerlo con me di tanto in tanto per qualche mese, ero felice e il bambino dormiva con me, lo coccolavo e lo riempivo di baci in ogni momento. Una volta mi era successo che mio padre, mentre coccolavo mio figlio, mi guardava come se fosse una cosa strana, forse aveva capito che io tutte quelle coccole non le avevo mai ricevute da loro perché erano altri tempi?

Non potevo dimenticare i miei figli, ho sofferto tanto e per un periodo sono stato tanto male, perché amavo quella donna nonostante tutte le umiliazioni subite, ho lottato con tutte le mie forze per salvare il mio matrimonio. Il giudice aveva assegnato i bambini alla madre con l'obbligo degli alimenti da parte mia. Ogni tanto andavo a Rieti per rivedere i mie figli, ma la madre faceva di tutto per non farmeli vedere, e nel frattempo aveva già un altro compagno, facendomi fare andata e ritorno da Cellino senza vedere i miei bambini. A questo punto smisi di passare gli alimenti che il giudice mi aveva imposto, lei mi riportò in tribunale ma senza esito positivo, il magistrato aveva dato ragione a me, non si poteva dare seguito alla condanna, perché non avevo i mezzi e non lavoravo.

Intanto io e Gino andavamo in giro in cerca di una ragazza, e non fu difficile trovarla, eravamo giovani. Trovai una ragazza nella provincia di Lecce, ci fidanzammo, e dopo qualche mese lei partì a Riccione, ci andava tutti gli anni per motivi di lavoro insieme a tante altre ragazze della provincia. Mi misi d'accordo con il mio amico Gino per andarci anch'io, volevo stare con lei. Si chiamava Elvira la mia nuova ragazza. Il mio amico non mi ostacolò affatto, cosi partii alla volta di Riccione. Appena arrivai, trovai subito un lavoro in una pasticceria del luogo, incominciai a lavorare e la sera la trascorrevo con Elvira con cui andavo abbastanza d'accordo. La sera uscivamo, andavamo a spasso tranquilli e beati, e andò avanti così finché non finì la stagione del lavoro per Elvira. Lei ritornò al suo paese, e ci tenevamo in contatto telefonicamente, poi decidemmo di fare la famosa fuga o "fuitina", che si fa dalle nostre parti. I genitori di lei non sapevano che io avevo avuto un matrimonio fallito e dei figli. Non era proprio quello che loro desideravano per la loro figlia. Dopo esserci accordati sul luogo e l'ora dell'incontro, andai a prenderla, e durante il tragitto di quaranta chilometri il mio pensiero era sempre rivolto a mia moglie e ai miei figli, pensavo "La vita continua, devo dimenticare, non i miei figli, ma la loro madre che si è comportata da vigliacca".

Arrivato da Elvira, lei era lì dove avevamo prestabilito, entrò nella mia macchina e partimmo a tutta velocità, ci fermammo per qualche giorno in un hotel vicino al mare in un paesino in provincia di Bari, poi ritornammo al mio paese, presentai la mia donna ai miei familiari e ci sistemammo in una piccola abitazione vicino alla pasticceria. Il mio amico Gino ad un certo punto mi disse di voler dividere la nostra società perché l'utile del lavoro non era sufficiente per mantenere due famiglie, io gli feci notare che forse era meglio che si prendesse tutto lui, perché i soldi erano suoi. Mi disse che quello non era il suo mestiere, mi lasciò tutto e mi disse di restituirgli la sua parte di capitale poco per volta, senza fretta. Io ero commosso per la sua generosità, lo abbracciai e ci salutammo.

In quei giorni venne a trovarci la madre di Elvira, ci siamo incontrati in casa di mio fratello Antonio, le prime parole della madre di lei sono state: "Figlio mio, quando venivi a prendere e portare via mia figlia, perché non sei andato a sbattere con la tua macchina contro un albero?!", era chiaro che non gli ero molto simpatico, e così è stato per sempre. Dopo circa mezz'ora di conversazioni non proprio piacevoli, ci hanno lasciato e sono andati via. Da quel momento con la mia compagna abbiamo iniziato la nostra vita insieme senza matrimonio, ancora non avevo avuto il divorzio dal primo. Non ci siamo mai sposati, lei non me lo chiedeva e io non ci pensavo, e siamo rimasti così.

Poco dopo la mia compagna rimase incinta e diede alla luce una meravigliosa bambina, Irene. La felicità che ho provato in quel momento è stata immensa, dopo aver perduto i miei due figli per la separazione precedente nacque lei, una femminuccia. Nei miei pensieri c'era solo Irene, me la portavo in giro, ovunque andassi c'era lei. Ho incominciato a portarla con me da quando aveva pochissimi mesi, è stata per me una medicina salvavita, perché mi mancavano gli altri due miei figli e lei ha riempito questo vuoto. Devo dire che Irene è stata tanto fortunata, tutte le persone che la conoscevano se la portavano a spasso, era molto bella e simpatica, i genitori della sua madrina ce la rubavano, la volevano sempre a casa loro, a noi faceva piacere, in tal modo avevamo la   possibilità di lavorare più serenamente sapendo che Irene era in buone mani, era la cosa più bella e più grande che avessi mai avuto nella vita. Non sopportavo sentirla piangere, addirittura se dovevano farle una iniezione mi allontanavo per non vederla soffrire. Un giorno fu ricoverata in ospedale perché si era ammalata, aveva preso un virus, doveva restare in ospedale in isolamento, solo la madre poteva restare con lei, uscì quando Irene era ormai guarita, sono stato malissimo, io potevo vederla solo attraverso il vetro di una camera, non accettavo che la mia piccola potesse restare in isolamento, ero sconvolto, dopo una settimana per fortuna è stata dimessa e le cose si sono rimesse a posto.

Quando io e la madre lavoravamo in pasticceria qualche volta Irene dormiva sopra il tavolo da lavoro della pasticceria, altre volte stava a casa da sola, non ci ha dato mai problemi. Poi è nata Fatima, anche lei con tanto amore, per noi erano due perle, due regine, il nostro tempo era dedicato solo a loro due, non c'erano amici per noi, loro erano i nostri amici ed il nostro passatempo. Qualche volta andavamo a Rieti a trovare Federico e Fulvio, ma sempre con esito negativo, la loro madre e i loro parenti facevano di tutto affinché questo incontro non avvenisse, e con pazienza ritornavamo indietro a San Pietro Vernotico scoraggiati più che mai, non era possibile affrontare un viaggio di così tanti chilometri per niente. Qualche volta uno dei miei figli è venuto a stare da me, ma ormai erano passati 5-6 anni dalla separazione con la madre, che faceva notare la sua ribellione verso di me, facendomi capire che non le importava niente.

Nel 1981 morì mio padre, è stata una grande perdita per me, anche se non avevo ricevuto nulla da lui, in senso economico, ma mi aveva dato la vita, e questo era ed è il dono più grande che un padre può fare a un figlio. Grazie papà, non ti dimenticherò mai, mi manchi tanto.

Capitolo IX

Il trasferimento a Sulmona.

La Pasticceria Roma.

L'anno successivo cedetti per pochi soldi la mia pasticceria di San Pietro Vernotico, perché c'era poco lavoro e ci trasferimmo a Sulmona, in Abruzzo, trovai un'abitazione in affitto, in cui già ci viveva una vecchietta di 90 anni che mi diede un sacco di problemi in quanto abituata a vivere da sola. Non accettava la compagnia e la vita fu difficile per tutti, i figli dell'anziana signora mi creavano continuamente dei grossi problemi, cercando di mandarmi via per fare contenta la madre. Mi proposero di cambiare l'appartamento con una mansarda. Per il quieto vivere accettai, e nella nuova dimora ci pioveva addosso, era impossibile viverci, ma ci siamo rimasti dentro per cinque anni.

Intanto mi ero sistemato con il lavoro, avevo aperto un laboratorio e un punto vendita di pasticceria. Il lavoro andava bene, in 4-5 anni riuscii a mettere da parte un po' di soldi e dando un anticipo mi comprai un'abitazione. Le mie figlie andavano a scuola e io lavoravo come un mulo da solo, qualche volta trovavo un aiutante che con scarso entusiasmo mi dava una mano. I sacrifici non piacciono a nessuno.

La mia compagna era impegnata nel punto vendita, e nel far crescere le nostre figlie. Non era troppo brillante ad apprendere l'arte, le mancava la passione, forse era più adatta a fare la casalinga, però ha dato il suo contributo. Io avevo bisogno di aiuto perché i miei prodotti venivano sempre più richiesti, fornivo i bar di tutta Sulmona, ero alla ricerca di qualcuno di serio che potesse aiutarmi. Un pomeriggio mi trovavo come al solito nel mio laboratorio a lavorare, sentii bussare alla porta, aprii ed entrarono due ragazze sui 18 anni, la più piccola era molto bella. Mi chiesero se avessi un lavoro da dare loro, non credevo alle mie orecchie. Dissi loro che io cercavo qualcuno per il bar, così ci accordammo su tutto ed una di loro, Luana, venne a lavorare con me. Gli orari erano più o meno dalle sei all'una. Passavo a prenderla da casa al mattino e lei era sempre pronta ad aspettarmi affacciata alla finestra, per vedere arrivare la mia macchina, perché lei ancora non aveva la patente. Era molto determinata nel suo lavoro e precisa, non andava via se non era tutto a posto e in ordine. Il giorno di Natale eravamo soli nel mio laboratorio, ci scambiammo gli auguri con un bacio sulla guancia. Da quel giorno qualcosa è cambiato, sentivo che tra noi c'era sintonia, giorno per giorno mentre lavoravamo si scherzava, si rideva e sentivamo di nutrire affetto l'uno per l'altra, non pensando che potesse diventare una cosa seria. Stando insieme così tante ore il nostro affetto aumentava sempre di più, diventando poi un grande amore. Dopo qualche tempo i miei familiari iniziarono a intuire qualcosa, la mia compagna ad essere gelosa di lei e ogni tanto faceva delle scene di gelosia.

In quel periodo, Damiano, mio fratello più piccolo, lavorava in Germania con tutta la sua famiglia, ogni anno nel periodo estivo, quando prendeva le ferie, passava da me per trascorrere qualche giorno insieme. La sua famiglia era composta dalla moglie Ada e i figli Massimo e Luca, i suoi ragazzi e le mie figlie erano felicissimi di stare insieme, ce la spassavamo 3-4 giorni poi andavano a Cellino San Marco dove erano residenti. Poi ci saremmo rivisti un anno dopo. Tutto questo è durato un paio di anni.

Nel Febbraio 1984 morì mia madre nello stesso giorno del mio compleanno, provai tanto dolore per la perdita della donna che mi aveva dato la vita.

Gli anni passavano velocemente sempre uguali, sempre casa e lavoro. Ero tanto fiero delle mie figlie, dei loro studi, a scuola erano molto brave.

Nel Maggio 1990 ci fu un anniversario di matrimonio molto importante dei miei suoceri, io preparai dolci e torte per tutti gli invitati, e partimmo per il Salento, armati di telecamera per immortalare l'evento, in ogni caso mi sono trasformato in un regista per tutta la giornata, e devo dire che nessuno si accorgeva di quello che io stavo facendo, nessuno si preoccupava che io avessi mangiato, avevano tutti molto da fare a chiacchierare tra loro. L'indomani ripartimmo per Sulmona per riprendere la nostra attività. Nell'Agosto dello stesso anno, ritornammo di nuovo nel Salento, con l'occasione mi portai dietro la telecamera per far vedere ai suoceri il filmato fatto qualche mese prima. In casa loro non c'era un televisore dove poter vedere il filmato, così chiesi a mio cognato se si poteva fare a casa sua, accettò per il pomeriggio, chiesi a mio suocero di venire insieme a noi e lui mi rispose: "Raffaele, il pomeriggio mi piace passarlo con i miei amici in piazza, fai finta che io ci sia". Era un giorno caldissimo, perché in Puglia la temperatura sfiora i 40 gradi d'estate. Arrivati in casa del fratello della mia compagna ci accomodammo in cucina dove avevano il televisore. Mentre guardavamo il filmato, il caldo era insopportabile, all'improvviso mi accorsi che ero rimasto da solo a vedere il filmato, gli altri erano usciti fuori all'aria aperta ormai da circa venti minuti senza avvertirmi, deluso di tutto ciò dissi alla mia compagna che l'indomani mattina saremmo ripartiti e avrei fatto volentieri a meno dell'aria che tirava, poco gradevole e pesante. Era chiaro che non c'era molto rispetto verso la mia persona, sono andato via da quel paese senza mai più tornarci.

Un anno dopo, Damiano mi chiamò dalla Germania dicendomi che stava per venire a trovarmi come al solito, e che sarebbe passato da casa mia per stare un po' insieme, avvisandomi però che si sarebbe fermato qualche giorno a Firenze, dove c'era nostro nipote Daniele. Ci eravamo messi d'accordo su tutto telefonicamente: io dovevo andare a prenderli alla stazione di Pescara verso le otto di mattina. Arrivato alla stazione, andai sul binario d'arrivo guardando di qua e di là, cercavo di vederli da qualche minuto ma non vedevo nessuno, pensai allora che avessero perso il treno e che avessero preso il successivo. Decisi di tornare a casa. Andai al mio bar e appena arrivato Elvira mi venne incontro sconvolta dicendomi che aveva ricevuto una telefonata dalla polizia, le avevano detto che nella notte mio fratello e la sua famiglia, compreso Daniele, avevano avuto uno spaventoso incidente stradale. Chiamai io personalmente la polizia e mi dissero che la situazione dei miei parenti era grave. Decidemmo di partire per Firenze, arrivati in ospedale la situazione era tragica: mio fratello Damiano di 38 anni, il figlio Luca di soli 11 anni e l'altro mio nipote Daniele di 22 anni erano morti. Invece Ada e mio nipote Massimo erano in coma ma dopo alcuni giorni si sarebbero svegliati. Nel frattempo arrivò mio fratello Tonino, padre di Daniele. Era disperato, strillava come un matto per il dolore, non c'era modo di tenerlo fermo. Arrivò il momento del riconoscimento dei corpi, ero l'unico che potesse farlo. I corpi erano uno vicino all'altro, irriconoscibili in volto, capii che uno di loro era Damiano dai baffi, li aveva come i miei, mi assomigliava molto. Dopo di questo brutto momento andammo a trovare Ada e Massimo anche loro con varie fratture e ancora in coma. Arrivò anche il momento di preparare i funerali: tre vestiti, tre bare, tre macchine funebri, tante scartoffie da compilare. Fu veramente toccante. Vennero sepolti nei paesi d'origine, Damiano e Luca a Cellino e Daniele a San Pietro Vernotico. In paese la notizia fece scalpore, visto che TV locale e giornali avevano riportato la tragica notizia, anche perché loro erano conosciutissimi in paese tanto che il sindaco proclamò il lutto cittadino. Dopo un paio di giorni dall'accaduto, sono ritornato a casa a riprendere la mia vita quotidiana con il mio lavoro e i miei problemi.

* * *

A distanza di una settimana dai funerali, successe un fatto singolare. Era estate e faceva caldo, la temperatura poteva essere intorno ai 30–35 gradi, io avevo l'abitudine di vedere la televisione fino alle undici di sera. La mia compagna Elvira, avendo paura dei ladri, chiudeva tutte le finestre compresa quella della camera da letto, andai a dormire, più o meno verso le ore 23.30, mi svegliai un'ora dopo per il freddo e notai che era la stessa ora dell'incidente mortale dei miei cari, la finestra della mia camera, che in precedenza era chiusa, era spalancata, crollai in un pianto liberatorio chiamando la mia compagna e facendole notare la cosa.

* * *

Nel frattempo Massimo e la madre erano guariti, decisi di portarli a Sulmona da me, anche perché questo era un desiderio di Damiano quando era vivo, voleva che il figlio imparasse un mestiere come il mio. Gli feci una telefonata, e loro furono felicissimi della mia decisione. Dopo qualche giorno, andai a Cellino a prenderli, Massimo aveva 17-18 anni ma ne dimostrava molti meno, in quanto il padre in Germania non gli aveva concesso troppa libertà, quindi ho dovuto adottarlo, anche se non è stato pesante per me, mi sono affezionato dal primo giorno che è venuto a convivere con me, tutti i suoi problemi sono diventati i miei, ed io li affrontavo con amore e dedizione, cavolo! Era figlio di mio fratello, era fedele come un cagnolino, non aveva idee ribelli che fossero contrarie alle mie. Intanto il lavoro procedeva bene, la mia compagna era sempre impegnata al bar, io e Luana nel laboratorio della nostra pasticceria con orari sempre mattinieri. Arrivò l'estate, e finalmente anche le ferie, andammo tutti a Riccione, compresa Luana, erano bei tempi, si lavorava alla grande tant'è che potevamo permetterci 15 giorni di vacanze. In albergo si mangiava e si beveva e non si pensava a nulla, solo riposo e al divertimento. A Riccione non ci si annoia mai, andavamo all' Acquafan, un grandissimo parco acquatico dove ci vanno centinaia di persone, era una grande attrazione. Purtroppo le vacanze finirono e si ritornò alla realtà, dispiaciuti ma anche contenti di tornare al nostro lavoro, specialmente Luana che dopo qualche giorno anche se non veniva con noi tutti gli anni, si stancava e voleva tornare a lavoro, soprattutto per stare con me. Questo suo comportamento iniziava ad insospettire la mia famiglia. Intanto io e lei vivevamo la nostra vita, io avevo bisogno di lei e lei di me, ci volevamo bene. Abbiamo avuto tanti problemi per questo nostro rapporto e tutti capivano che c'era del feeling tra noi, bastava una minima parola e si accendevano gli animi. Luana, ancora ragazzina, viveva con la sua famiglia. Con i genitori di lei c'era un buon rapporto, ovviamente non sapevano nulla di noi o facevano finta di non sapere, però le cose andavano avanti. Intanto Luana vedeva crescere le mie figlie e si affezionava a loro, ma questo sentimento da parte loro non era ricambiato, anzi facevano finta di nulla, solo quando io litigavo con Elvira c'era tensione, perché vedevano in lei la rivale della madre, e nutrivano un po' di astio anche verso di me. Intanto loro studiavano, Irene era una ragazza giudiziosa, non dava problemi nello studio, anzi la domenica veniva ad aiutarci in pasticceria a forza di mie continue sollecitazioni ad Elvira, perché lei preferiva che Irene e Fatima dormissero, e io mi arrabbiavo e diventavo per loro un padre cattivo, invece la madre una santa. Io avevo bisogno di aiuto con il lavoro anche se c'era Luana, però la domenica serviva più personale e la madre delle mie figlie faceva di tutto per farle rimanere a casa o per farle andare a spasso. Fatima era po' più capricciosa, non le andava bene nulla di tutto quello che si cercava di insegnarle, specie nello studio. Quando veniva al negozio era sempre nervosa e così anche a casa, quando era pranzo o a cena era sempre una tragedia, non le stava bene niente e litigava con la madre che diventava rossa come un peperone perché non voleva essere rimproverata dalle figlie e faceva sempre la parte della martire. Quando arrivavo a casa dopo una faticosa giornata di lavoro con pensieri, pagamenti da fare, banche, tasse e con il rischio di perdere anche casa perché avevo dei sospesi di pagamento con delle banche e anche con il fisco, cercavo sempre di non far pesare loro i miei problemi perché erano ragazze, e la madre non capiva le mie gravi difficoltà. Solo Luana capiva i miei problemi di lavoro e le questioni familiari.

* * *

Un giorno freddo di Gennaio, i genitori di Luana scoprirono la nostra relazione e successe il finimondo. Lei all'epoca aveva 27 anni e loro assolutamente non potevano accettare questo scandalo, non potevano ammettere che la figlia avesse una storia con un uomo con molti più anni più di lei. Venne messa alle strette, "o lui o noi" le dissero. Lei era innamorata di me e decise di lasciare la sua casa, i genitori la buttarono fuori, e la picchiarono. Stette male per 2 settimane, con il viso gonfio ed ematomi vari. Non sapendo dove andare, l'unico posto in cui non avrebbe avuto un rifiuto era a casa di Massimo, che viveva in una piccola casa ammobiliata. Rimase da Massimo per qualche giorno finché non si riprese dalla paura. Massimo fu un grande, lui era fatto così, era una persona buona con tutti. Pian piano Luana si riprese, con il mio aiuto, senza mai lasciarla da sola, trovò casa per conto suo, non è stato facile per lei. Nel frattempo tutti, anche la mia famiglia sapevano quello che era successo e da quel giorno ad oggi sono passati 16 anni e lei non ha più avuto nessun rapporto con i suoi genitori, solo uno dei suoi fratelli e sua sorella le stanno ancora vicino. Noi continuavamo a vivere la nostra vita con tante difficoltà, però non ci arrendevamo mai. Avevo un bar per la vendita al dettaglio, in cui ci lavorava la mia compagna, invece io e Luana ci occupavamo della produzione in un piccolo laboratorio al centro di Sulmona, però non era tanto comodo. Decisi di trovare un locale dove potevo fare produzione e vendita insieme, e lo trovai quasi vicino all'altro negozio in una zona molto frequentata dalla gente. Ci siamo trasferiti lì ma la mia compagna non era d'accordo perché c'era Luana, dovevamo stare tutti insieme a lavorare. Ogni tanto scoppiavano scenate di gelosia allora decisi di allontanare la mia compagna tenendola a casa, lei non la prese per niente bene e neanche le mie figlie. Allora decisi di parlare con loro dicendogli: "O venite voi ad aiutarmi nel lavoro e io mando via Luana oppure lei rimane, a voi la decisione". Dopo qualche giorno mi risposero "Papà, noi stiamo bene così, fai come voi tu". Così io e Luana portavamo avanti tutto il lavoro con più serenità.

* * *

Massimo intanto era entrato a far parte del mondo militare, nell'Esercito, facevo di tutto pur di tenerlo impegnato ed aiutarlo a crescere, infatti riuscì a diventare anche per mio orgoglio caporale maggiore scelto alla caserma di Sulmona. Alcune volte veniva al mio bar con i suoi colleghi che gli volevano bene, perché Massimo si faceva amare da tutti, ed ero felice di sentire che i suoi amici lo chiamavano "capo". Lui viveva un po' in caserma e un po' con la madre che era pensionata, mensilmente prendeva la reversibilità di Damiano dalla Germania. Passato qualche anno incontrò una ragazza, la prima della sua vita, non era di Sulmona ma di un paese vicino. Per Massimo era il grande amore, ma per lei non era proprio così, è stato un fidanzamento e un matrimonio molto turbolento e fonte di sofferenza per Massimo, erano due caratteri molto diversi, infatti a me lei ed il suo modo di trattarlo non piacevano per niente. Lui era troppo buono, era innamorato di questa donna, lei invece era molto cattiva con lui. Dal loro matrimonio nacque anche una bambina. Arrivò però la fine del suo matrimonio. Io gli dicevo di lasciarla perdere e di trovare una donna migliore di lei, ma lui non mi dava ascolto, voleva lei e la sua bambina.

Irene dopo la maturità decise di iscriversi alla facoltà di giurisprudenza, io ero felicissimo della sua scelta. Mi faceva contento sapere che un giorno avrei avuto un avvocato in casa, era la prima laureata nelle nostre famiglie. Frequentava l'università di Teramo, viveva in una casa con altre studentesse. A me non pesava affatto mantenerla agli studi perché ci credevo e volevo che lei diventasse una persona che sapesse cavarsela ovunque andasse, nel parlare, nello scrivere, ecc. Le davo tutto ciò che mi chiedeva. Lei mi chiedeva dieci euro e io gliene davo venti, non volevo affatto che le mie figlie crescessero come sono cresciuto io, nella miseria. Mio padre non ha potuto darmi più di quello che aveva, e non lo posso biasimare per questo, però mi ha voluto bene e questo mi bastava. Lei mi diceva: "Papà, perché mi dai di più?". E io rispondevo: "Irene, papà sta lavorando per te, voglio che tu un giorno diventi qualcuno.". Allora lei mi rispondeva: "Grazie papà, vedrai che non ti deluderò mai, stammi sempre vicino, ho bisogno di te. Un giorno ti ripagherò per tutto quello che fai per me.". Ogni tanto litigavamo per il fatto di Luana o perché litigavo con la madre, allora lei andava via senza salutarmi, però bastava che passasse qualche giorno quando tornava da Teramo e mi scriveva dei messaggi di scuse, anche su un banale pezzo di carta. "Ciao papà, sono tornata, ti voglio bene, non mi abbandonare. Irene senza di te è persa. Ire.". Be', che dire non potevo far finta di nulla, queste parole per me erano davvero fonte di energia.

Arriva finalmente il giorno che aspettavo da anni, la sua laurea. Siamo andati tutti a Teramo, per me è stata una vittoria, la mia Irene dottoressa in giurisprudenza. Però non finisce qui. Fatima, invece della scuola non ne voleva sapere, ma anche lei mi ha sorpreso, all'inizio trovava dei lavori saltuari, poi un bel giorno trovò un posto di lavoro fisso presso una ditta in un grandissimo centro commerciale a Sulmona. Finalmente la vedevo felice e serena, andava a lavorare con entusiasmo. Cominciò a mettere da parte qualche soldo e con la mia garanzia decise di comprarsi una macchina nuova anche perché le serviva per andare a lavoro, così è stato, ero felice per lei. Nel frattempo Irene si fidanzò con un bravo ragazzo di nome Fazio, anche lui laureato in giurisprudenza, ero contento di lui, era molto educato, gentile e colto e vedevo che amava la mia Irene.

Dopo qualche tempo per più giorni avevo l'impressione che mia figlia non fosse in casa, allora chiesi informazioni ad Elvira che mi informò del fatto che Irene era andata a convivere con Fazio e così fece anche Fatima con Corrado, il suo fidanzato, anche lui un bravissimo ragazzo, con un buon impiego statale. Non avevano nessun motivo per fare questo gesto, questi ragazzi mi piacevano, forse hanno voluto fare questa esperienza senza dirmi niente sapendo che io non sarei stato d'accordo, perché in casa non gli mancava nulla ma non ho mai capito perché a mia insaputa e con la complicità sempre della madre.

Fatima incominciò a fare dei viaggi insieme a Corrado sempre più spesso in giro per il mondo, anche due volte l'anno, ero contento però gli dicevo di mettere da parte i soldi per il futuro matrimonio ma mi diceva sempre che non voleva sposarsi e voleva viaggiare.

Irene e Fazio invece decisero di sposarsi, io avevo deciso di cambiare la mia auto, anche se semi-nuova, soltanto perché l'unica che non aveva l'auto era Irene che doveva chiedere un passaggio sempre a qualcuno di noi, e questo a me dispiaceva, allora decisi con l'occasione del suo matrimonio di regalarle la mia macchina. Penso che ne sia stata contenta. Il loro è stato un bel matrimonio, a mia figlia ho dato come dote quello che ho potuto e al pranzo dei miei parenti c'era solo mio nipote Massimo. Ci siamo divertiti tanto con Massimo, che era di per sé uno spasso, ma quel giorno era particolarmente felice perché gli avevo promesso di fargli portare la mia macchina nuova visto che io dovevo andare con Irene. I miei parenti non potevano venire, era troppo lontano, invece c'era qualcuno della famiglia della madre, comprese le amiche di lei e tanti amici degli sposi, è stata una bella festa, ero felice per mia figlia, era bellissima.

Nel 2008 è morto un pezzo del mio cuore, mio fratello Domenico. Lui era molto affezionato a me, quando tornavo a Cellino la prima tappa era casa sua, quando arrivavo e quando andavo via mi abbracciava e piangeva, sinceramente per me era come un padre. Mi chiamarono di domenica, mentre ero al lavoro, dicendomi che era morto, cominciai a piangere, Massimo arrivò tempestivamente da me, anche lui era molto affezionato allo zio Domenico, partimmo subito per Brindisi, non potevamo mancare ai funerali per nessun motivo.

Il 22 Luglio 2008 ci prendemmo le ferie e così fece anche Massimo con la madre, ci salutammo ripromettendoci di vederci al ritorno. Ormai con la moglie i rapporti non facevano che peggiorare, perciò partì con la madre, anche perché un paio di giorni prima aveva avuto una violenta discussione con lei e lo aveva molto turbato. Visto che ricorreva l'anniversario della morte del padre e del fratello, ritornarono a Cellino, io e Luana invece andammo a Riccione. Arrivammo in mattinata, e dopo pranzo ci riposammo nella nostra camera d'albergo, ma ad un tratto mi arrivò una telefonata da un mio amico carabiniere che per combinazione era di servizio alla caserma di Sulmona quel giorno, aveva ricevuto una telefonata dai colleghi di Brindisi, i quali gli dissero che un ragazzo di Sulmona di nome Massimo Immorlano aveva avuto un incidente stradale ed era in gravi condizioni. A Sulmona oltre a me e alle mie figlie, di Immorlano c'era solo Massimo perciò il mio amico capì subito che si trattava di mio nipote. Il tempo necessario per riflettere su cosa fare e per avvertire le mie figlie dell'accaduto, e io e

Luana decidemmo di partire subito per Cellino, volevo vedere con i miei occhi come stava, affrontando un lungo viaggio di otto ore da Riccione a Brindisi.

Arrivati all'ospedale c'erano i miei nipoti, la madre e mia sorella, Massimo era in rianimazione, in coma, con il collo, la schiena ed una gamba rotti, ma quello che preoccupava di più i medici era proprio il collo, rischiava la paralisi. A turno potevamo entrare per vederlo, quando non era in coma ci guardava con gli occhi sofferenti, non poteva parlare. Intanto volevo sapere cosa fosse successo, allora chiesi alla madre e lei mi disse che erano arrivati in albergo, avevano pranzato e lui le aveva detto: "Mamma, vado in macchina a prendere le valigie". Non sappiamo perché, e non lo sapremo mai, abbiamo solo dei sospetti che lui mise in moto la macchina senza avvisare la mamma e si schiantò di proposito su un muro, evidentemente mentre andava a prendere le valigie aveva ricevuto un'altra telefonata che lo aveva turbato così tanto da togliersi la vita. La madre non vedendolo ritornare iniziò a preoccuparsi e a chiamarlo di continuo sul cellulare senza ricevere risposta. Purtroppo il povero Massimo, inaspettatamente, per un edema formatosi al collo e vari attacchi cardiaci, l'11 Agosto 2008 muore, lasciandoci tutti nello sconforto. Era morta una parte di me, non ho pianto tanto neanche quando è morta mia madre, si era salvato diciassette anni prima, per morire quasi lo stesso giorno in cui morirono il padre e il fratello, con lo stesso tipo di autovettura, una Ibiza. Ciao Massimo, sono sicuro che adesso ti trovi insieme al tuo papà e a tuo fratello, sarai sempre nei nostri cuori e di tutti coloro che ti hanno amato. Ciao ragazzone bello, simpatico e spilungone.

Lo stesso giorno, appena saputa la tragica notizia, chiamai la caserma militare e mi portarono il vestito da militare che la salma di Massimo avrebbe indossato per il funerale. Il suo comandante voleva tutto questo per Massimo, celebrarono il funerale di Stato. Siamo partiti tutti per Cellino, arrivando verso la mezzanotte. Ai funerali c'erano tanti ufficiali e sottoufficiali vicino alla salma di mio nipote, essendo l'unico parente che gli era stato così vicino negli ultimi quindici anni, tutti questi ufficiali e militari mi hanno voluto in mezzo a loro facendomi domande e confortandomi per la perdita di mio nipote, tutti mi consideravano come il padre di Massimo. In chiesa, i discorsi ufficiali dei militari furono molto toccanti, il caporalmaggiore Massimo Immorlano, nella sua disgrazia mi aveva donato i più alti onori. C'era anche la moglie, ma era come se non ci fosse, nessuno le diede troppa importanza perché tutti sapevano o immaginavano il motivo della sua morte. Dopo qualche giorno è stata celebrata una messa anche a Sulmona, con amici e colleghi di Massimo tutti intorno a me.

Successivamente a questo brutto periodo della mia vita, cercai di tornare alla normalità, al mio lavoro, ai miei problemi quotidiani, ai pagamenti che erano sempre più sostanziosi. In casa si respirava aria pesante ed un anno dopo si ammalò gravemente mio fratello Marco, due mesi prima della sua morte, la figlia decise di sposarsi finché fosse vivo suo padre, mi chiamò chiedendomi se potevo accompagnarla io in chiesa, non potevo rifiutare ed accettai con entusiasmo l'onore di prendere il posto di mio fratello, anche se, sapendo la sorte che era capitata a Massimo, non ero proprio al settimo cielo. Arrivò il giorno delle nozze, andai da mio fratello cercando di nascondergli la tragica verità, scherzando con lui, prendendolo in giro e facendo l'attore comico per confonderlo e cercare di strappargli un sorriso che non c'è stato, era troppo debole e molto giù di morale. Mia nipote, non proprio felice per la sorte del suo papà, vestita tutta di bianco, si avviò verso la chiesa con tante persone al seguito, tanti mezzi sorrisi con il pensiero sempre a casa dove c'era mio fratello moribondo.

Prima della cerimonia ed il pranzo al ristorante, andai a prendere mio fratello quasi di peso e lo portai con me in macchina dicendogli che ad un suo cenno l'avrei subito riportato a casa. Stette per un po' al ristorante e poi volle che lo riportassi a casa. Morì dopo due mesi.

A Natale mia nipote mi chiamò dicendomi che lei e il marito volevano venire da me per trascorrere le feste insieme, accettai con piacere anche perché dopo la morte di suo padre mi sentivo in dovere verso di lei, ne parlai con le mie figlie e non erano d'accordo, volevano trascorrere le feste tra loro con i nuovi parenti. Ci fu un po' di malumore tra noi, ormai era chiaro che non ci capivamo più, la vita in casa era diventata troppo difficile, l'aria era irrespirabile, la convivenza era impossibile.

Dopo qualche mese io e Luana andammo a vivere insieme, ho permesso ad Elvira che restasse ad abitare nella nostra casa, pur non rinunciando alla mia parte, ma lei e le mie figlie hanno dimenticato che l'abitazione sono stato io a donarla a loro, riservandomi l'usufrutto per me e la madre, sono convinte che da quando sono andato via e mi sono rifatto una vita, non mi spetta più niente, non mi pare giusto pagare questo prezzo.

Nel Maggio 2010 io e Luana ci siamo sposati a Cellino, pochi erano gli invitati ma è stata lo stesso una bella festa, era ora che la mia relazione con Luana venisse legalizzata. Le mie figlie e la mia ex compagna hanno preso la notizia molto male, tanto da non parlarci per qualche mese, fin quando non è nato mio nipote

Flavio, il figlio di Irene. Noi lo chiamiamo Cochi, è una meraviglia di bambino, assomiglia molto alla madre. Tutte le foto che gli sono state fatte le ho appese nel mio locale, tutto tappezzato con le più belle foto di lui, i clienti non potevano non notarlo per quanto è bello, e in tanti dicono che mi assomiglia. Ovviamente, sono felicissimo, per me è un grandissimo complimento. Non so come esprimermi per dire quanto lo amiamo, è molto affezionato a me e a Luana, quando veniva al bar per noi era una grande festa. Luana la chiamava "Cia" perché ancora non sapeva parlare bene, però lei era felice che lui la chiamasse così, lei voleva molto bene a questo bambino, perché è mio nipote.

Per il suo primo compleanno nonno Raffaele gli ha fatto la torta, con tanti dolci e pietanze salate per la grande festa. Lui era come Irene quando era piccola, gli piaceva la musica infatti iniziava a ballare appena c'era un po' di musica, e ci faceva morire dal ridere, si inventava lui una coreografia in quel momento. Gli piaceva anche scrivere e disegnare sui quaderni che noi avevamo al bar proprio per lui, poi lo facevamo giocare con la pasta frolla che a lui piaceva tanto. Arrivò anche un altro grande giorno, il matrimonio di Fatima, nonostante qualche giorno prima avessi avuto dei malanni, la accompagnai all'altare, anche loro fecero una bellissima festa, c'era musica e Fatima ballava la pizzica insieme a Corrado, suo marito.

Io per le mie figlie ho sempre voluto il meglio, ho cercato di dare loro una vita migliore della mia, però spesso dimenticano tutto, si ricordano solo i miei sbagli e raramente le cose buone che io ho fatto, questo mi fa stare molto male perché ho 76 anni e devo ancora soffrire.

Anche Fatima dopo un anno circa è diventata mamma di Azzurra, ero contento di avere una coppia di nipotini. Anche lei è bimba molto vispa, come la madre quando era piccola che scappava via dall'asilo, e mandava tutte le persone a quel paese. Mia figlia era così e non è cambiata affatto.

Per me le mie figlie sono perfette, parole di un padre che le ama, pronto a dare la vita per loro, non ho mai fatto mancare loro nulla, amore, affetto, macchine, casa, denaro. Non è stata colpa mia se ho lasciato Elvira e non è stata colpa sua se non era in grado di capirmi e aiutarmi, o meglio di imparare il mio mestiere. Durante questi anni ho notato dei cambiamenti da parte loro che mi hanno spezzato il cuore. Finché sono piccole riesci a tenerle vicino a te, ma appena crescono non le controlli più, e non le capisci, non puoi parlare perché quello che dici viene sempre contestato da loro. Mi dicono che penso all'antica. Quando parlavo loro della mia povera infanzia, facevano finta di non capire, ma io volevo che loro capissero quello che io ho vissuto affinché si rendessero conto di quanto sono state fortunate loro.

Non dimenticherò mai le cose belle che mi hanno dato e i momenti belli che ho vissuto con loro e ringrazio Dio, ma neanche posso dimenticare il presente.

La mia vita è stata molto movimentata e piena di sorprese, arrivò ad un certo punto la crisi economica e colpì anche me ed il mio lavoro, non potevo più andare avanti così, sempre pagamenti e spese enormi, e gli incassi erano sempre meno. Le persone non spendevano più, lo Stato non ci aiutava affatto, e sono stato costretto a chiudere il mio locale con grandissima delusione. Io e mia moglie siamo stati malissimo e sono stato costretto a vivere con una misera pensione da artigiano, dopo tanti anni di lavoro.

Ho visto un film tempo fa, "The Wrestler", in cui il protagonista è un lottatore malato di cuore ed il medico gli vieta di fare incontri, perché la sua vita è in pericolo, così smette e si dedica a un altro lavoro, finché un giorno incontra la figlia che non vedeva da anni, le cose non vanno bene, viene trattato come peggio non si può, decide di ritornare a fare quello che sa fare meglio, il wrestler, la sua donna cerca di farlo desistere, ricordandogli che se avesse fatto questo incontro rischiava grosso, lui rispose "Al mondo non gliene frega un cavolo di me". Mi è capitata più o meno la stessa cosa, come quel proverbio che dice "Un padre è capace di mantenere cento figli, cento figli non sono in grado di mantenere un padre". È proprio vero, potrai fare mille cose buone, ma verrai giudicato sempre per quella cattiva. Vivi per chi ti ama, affronta chi ti sfida, ignora chi non ti pensa.

Non mi aspetto molto dalle mie figlie, vorrei essere solo un nonno per i miei nipoti, e un padre normale per loro, vorrei che ricambiassero almeno un po' dell'amore che ho dato loro e vorrei vivere questi ultimi anni della mia vita con dignità e serenità, e questo sento che mi manca. Mia figlia mi dice: "Non so se tra di noi ci potrà mai essere una ricucitura per quello che è successo, comunque sei sempre il nonno di mio figlio, e quando vorrai vederlo, basta che me lo chiedi, e soprattutto dovresti chiedere scusa alle tue figlie". Perché, cosa ho fatto di tanto male?

Non dimenticherò mai i bigliettini che mi lasciava mia figlia Irene, ancora prima di sposarsi, in cui diceva:

Grazie papà per tutto quello che tu mi dai, per tutti i tuoi sacrifici, sappi che io ti voglio tanto bene, non dimenticarlo. Tu sei e sarai sempre un grande papà, sei il mio simbolo, il mio punto di riferimento. Papà, ti voglio un mare di bene, non scordartelo mai. Mai! Mi impegnerò e prenderò quel titolo, promesso! Fidati di me. Irene

E poi ancora:

Il mio regalo di Natale è sapere di poter contare sempre su te e ripeterti all'infinito che ti voglio bene, sei il mio punto di riferimento!

E ancora:

Ciao papà,
sono tornata oggi, è inutile dirti che ho bisogno di te se voglio andare avanti... se voglio riuscire a realizzare i miei sogni, ho bisogno di serenità cosi come ne hai bisogno tu, ti chiedo di non voltarmi le spalle, di aiutarmi a finire l'università perché senza un saldo punto di riferimento Irene è spacciata, il mio futuro è spacciato, non credo di meritare che tu mi volti le spalle, non ho fatto niente, il mio silenzio di questi giorni è semplice rabbia per qualcosa che non ho fatto, per una lite che non ho voluto, ora però ho bisogno di te, ti dico solamente questo: non voltarmi le spalle!
Spero di poterne parlare con te domani. Irene

Risposta:

Irene, io non ti ho mai abbandonata, sono sempre stato vicino a te da quando sei nata, tuo marito varie volte mi diceva che ti ho viziata troppo, forse è vero, adesso che ho bisogno io di te, tu dove sei? Forse hai dimenticato cosa ti dicevo quando studiavi, le mie parole erano "Vai avanti, qualsiasi cosa tu voglia fare io sarò sempre vicino a te". Adesso dove sei? Cosa ti è successo? Sei cambiata completamente, e hai fatto cambiare anche tua sorella, tutti mi dicono che prima o poi ti accorgerai dell'errore che hai fatto o che state facendo, ma a me non interessa che tu ti accorga delle tue cavolate quando non ci sarò più, perché non ti potrò più vedere, per voi ho rischiato varie volte anche la vita, per darvi il meglio che un padre può dare alle proprie figlie, per non farvi mancare mai nulla. Comunque non vi porto rancore e vi voglio bene lo stesso, anche ai miei nipoti che non mi fate vedere, e questo è un grave errore, perché così facendo state rinnegando le vostre origini.
No, mia cara Irene, queste parole io non le ho mai dimenticate ,ma vorrei che anche tu non le dimenticassi, come stai facendo ora.

* * *

Nel 2010 sono stato a Cellino da mia sorella che con

l'occasione mi ha portato al cimitero dove sono sepolti i miei parenti, ho visto dove giacciono i resti di mio padre, non ho resistito e sono crollato in un pianto liberatorio nel vedere cosa è rimasto di quell'uomo che un tempo era mio padre, non ho voluto partecipare alla sua riesumazione, voglio ricordarmelo come era da vivo. Non ho avuto nulla da quell'uomo, ma mi ha dato la cosa più importante: la vita. E se oggi sono qui lo devo a lui e a mia madre. Se oggi ho dei figli, lo devo a loro, questo è sufficiente per dire loro grazie e non dimenticarli mai e poi mai. Finché sarò in vita, saranno sempre nel mio cuore.

Ciao papà, ciao mamma. Vi voglio bene.

I miei genitori.

* * *

Infine, voglio dire questo a te, Irene. Io non ti ho mai abbandonata, ti sono stato sempre vicino, da quando sei nata, lo sono e lo sarò sempre, viziandoti anche un po', ma ora sono io ad aver bisogno di te, e tu dove sei? Forse hai dimenticato tutto quello che ti ripetevo mentre stavi studiando. Cosa ti è successo? Sei cambiata ed hai fatto cambiare tua sorella Fatima, ma io sono fiducioso e mi auguro che prima possibile tu possa ritrovare la strada per tornare da me e capire il male che in questo momento tutte e due mi state facendo. Nonostante questo, il mio amore per voi è incondizionato e continuo a voler bene ai miei nipoti, anche se non mi permettete di vederli, e questo non è giusto. Ormai la mia vita volge al termine e credo di non pretendere molto. Questa è in breve la mia vita. Sicuramente non è stata semplice, serena, né durante l'infanzia né a seguire, quando sono diventato adulto, e continua ad essere così ancora oggi. In tutta onestà, posso affermare che pochi sono stati i miei momenti felici, a confronto di tanti altri in cui mi sono sentito perso, demoralizzato, quando ho anche pensato che non ce l'avrei fatta a superarli. Ma il tempo passa comunque, la stessa vita passa ed anche la mia è passata. Oggi mi rincresce stare qui ad elemosinare un minimo di affetto, anche se lo faccio con umiltà e con tutta la forza che mi rimane, e continuerò a farlo fino all'ultimo battito del mio cuore. È un qualcosa che, penso, a nessun uomo giunto al termine del suo viaggio dovrebbe essere negato: "sentirsi" un poco dentro il cuore dei suoi figli e senza pretendere nulla in cambio. Questo dovrebbe accadere comunque e nonostante tutto, spontaneamente, lasciando da parte i rimpianti, i rancori e lasciandosi trasportare da quel forte sentimento che lega un padre ad un figlio. Comunque, la vita alla fine ci riserva un grande dono: quello di poter vivere le stesse esperienze, ma a ruoli invertiti. Penso che questa sia la cosa più straordinaria che possa capitarci durante l'esistenza in quessto luogo. Sarà allora che, forse, si potranno comprendere ed accettare gli errori degli altri e, se ce ne sono stati, anche quelli di un padre. Un padre che un giorno non avrà più la possibilità di sbagliare, né di poter chiedere perdono ai suoi figli.

Ringraziamenti.

Vorrei ringraziare tutte le persone che hanno creduto in me e che mi hanno spinto ad arrivare fino in fondo in questo percorso di rinascita, quale è stata la stesura della mia autobiografia. Ringrazio anche i miei amici Elisa e Mario, che mi hanno aiutato a scrivere la mia opera laddove ne ho avuto bisogno. In particolare però ringrazio le mie figlie, le mie muse, che hanno ispirato questo libro e senza le quali la mia vita sarebbe vuota e triste.

Raffaele Immorlano

Finito di stampare nel mese di Aprile 2015
per conto di Youcanprint *Self-Publishing*